W0034402

Knaur.

Über die Autorin:
Martina Magyari arbeitete als Journalistin und veröffentlich-
te u. a. Kurzgeschichten, Reportagen und Essays. Für ihre
Erzählungen erhielt sie mehrere Auszeichnungen. Heute
lebt Martina Magyari mit ihrer Familie und ihrem Kater in
Oberkirch/Baden im Schwarzwald.

Martina Magyari

Auf Samtpfoten mitten ins Herz

Roman

Knaur Taschenbuch Verlag

Meiner Enkeltochter Selina

Besuchen Sie uns im Internet:
www.knaur.de

Vollständige Taschenbuchausgabe April 2011
Knaur Taschenbuch.
Ein Unternehmen der Droemerschen Verlagsanstalt
Th. Knaur Nachf. GmbH & Co. KG, München
Copyright © LangenMüller in der F. A. Herbig
Verlagsbuchhandlung GmbH, München 2007
Alle Rechte vorbehalten. Das Werk darf – auch teilweise –
nur mit Genehmigung des Verlages wiedergegeben werden.
Umschlaggestaltung: ZERO Werbeagentur, München
Umschlagabbildung: Gettyimages/Patricia Doyle
Druck und Bindung: CPI – Clausen & Bosse, Leck
Printed in Germany
ISBN 978-3-426-50597-7

2 4 5 3 1

Inhalt

Prolog

Der Abendstern glitzert in meine stille Stunde. Im fahlen Mondlicht sehen die blühenden Kirschbäume auf der Wiese aus, als seien sie näher an die Straße zu meinem Fenster herangerückt.

Im Schimmer der Bogenlampen werfen sie ihre weißen Schatten.

Mein schwarzer Kater Minkus träumt auf meinem Schoß, vielleicht von seinen Wanderjahren, die jetzt hinter ihm liegen.

Denn er ist zu mir heimgekehrt.

Sein Seidenfell schimmert, die Augen sind geschlossen. Ich spüre seine Wärme, sein Wohlbehagen in meiner Nähe.

Auch ich fange an zu träumen.

Julia

Im Dunkel der Nacht

Vom Fluss her kam der Nebel, schleierte über die Uferböschung und verfremdete die Landschaft. Nichts sah mehr aus wie im hellen Januarlicht. Die Häuser jenseits des Ufers hoben sich wie Scherenschnitte in die feuchtkalte Nacht.

Etwas Schwarzes, Winziges, Feuchtglänzendes lag an der Uferböschung. Wäre da nicht der Hauch eines Lautes, eines hilflosen Seufzers gewesen, der Mann, der von der Schicht nach Hause radelte, am Ufer entlang, um abzukürzen, hätte das schwarze winzige Bündel beinahe überfahren. Er hielt an, stieg vom Rad und beugte sich im Licht seines Radscheinwerfers über das dunkle Etwas. Er sah feines, nasses Fell, ein zartes Köpfchen, winzige Pfoten.

Vorsichtig hob der Mann das Bündel auf. Ein leises, feines Fiepen, kaum hörbar. »Ein Katzenbaby«, sagte der Mann in die Nacht hinein.

Kalt und nass lag es in seiner großen Hand, öffnete mühsam die Augen und sah ihn an, mit Augen, die bernsteinfarben waren.

»Du bist ja mehr tot als lebendig«, fuhr der Mann in seinem Selbstgespräch fort. Er lehnte das Rad an

9

die Böschung, zog seinen Wollschal aus der warmen Jacke und wickelte das vor Kälte und Nässe zitternde Bündel darin ein.

So ein winziges Katzenbaby konnte nicht allein hierher gelangt sein. Irgendetwas Schreckliches musste ihm geschehen sein. Und tief in seinem Herzen wusste der Mann, was es war. Irgendein herzloser Mensch hatte das Katzenbaby auf seine Art »entsorgen« wollen, indem er es in den Fluss geworfen hatte. Vielleicht hatten seine Katzengeschwister das gleiche Schicksal erfahren, und nur dieses eine hier mit dem schneeweißen Ring um seine rechte Pfote, der wie ein Armreif aussah, hatte sich ans Ufer retten können.

Der Mann schob das in den Schal gewickelte Bündel in seine Jacke, zog den Reißverschluss zu und stieg wieder auf sein Rad.

»Für diese Nacht wirst du bei mir bleiben«, murmelte der Mann. »Dann werden wir weitersehen.«

Während er weiterradelte, gab das Katzenkind in seiner Jacke keinen Laut von sich. Einen Augenblick glaubte er, sein kleines Herz habe aufgehört zu schlagen.

Zu Hause angelangt, stellte er sein Rad ab und schloss die Tür auf. Mit dem Katzenkind stieg er die Treppe zu seiner Wohnung hinauf. In der Wohnung war es warm. Der Mann zog seine Jacke aus, wickelte das Katzenkind aus und legte es behutsam in den großen weichen Sessel neben der Heizung.

Dann kochte er Milch, verdünnte sie mit Wasser, ließ alles abkühlen und versuchte, dem verfrorenen, halbverhungerten schwachen Katzenbaby mit einem Teelöffel die Flüssigkeit einzuflößen. Es gelang ihm erst nach mehreren Versuchen. Das kleine Tier war zu schwach zum Schlucken.

Dann breitete er eine Wolldecke in seinem Bett aus und legte das Katzenkind in die warme Höhle, deckte es zu. Die Katze rührte sich nicht. Sie hatte die Augen geschlossen und lag bewegungslos da.

Der Mann legte sich vorsichtig neben das Tier und bewachte seinen Schlaf. Als Junge hatte er einmal eine Katze gehabt. Daran dachte er jetzt. Aber das war lange her. Er konnte die Katze nicht behalten. Seine Frau Gabriele, die bei ihrer Schwester zu Besuch war, hatte Asthma und eine Katzenallergie.

Schade, dachte der Mann. Ich hätte dich so gern behalten und großgezogen. Eine tiefe Wärme war in ihm, als er das hilflose schwarze Katzenbaby, das er in der kalten Nebelnacht gefunden hatte, in seinem Bett liegen sah. Der Mann empfand seltene Zärtlichkeit für das fremde Katzenkind, das dem Tod so nahe gewesen war.

Er hielt seinen inneren Dialog mit der Katze. »Wir beide werden jetzt ein paar Stunden schlafen. Morgen früh bringe ich dich dann ins Tierheim, denn die wissen dort, wie man mit so etwas Winzigem, wie du es bist, umgeht«, sagte der Mann. »Glaub mir, es fällt mir schwer, dich dorthin zu bringen. Aber wenn du größer geworden bist, so ein richtiges Katzenkind, das auf seinen eigenen vier Pfoten seinen Weg gehen kann, dann wirst du sicher eines Tages ein gutes Zuhause finden, schön, wie du jetzt schon bist, obwohl du ja noch weniger als eine halbe Katze bist.« Der Mann lachte in sich hinein.

Als er Stunden später aufwachte, lag eine winzige schwarze Pfote auf seinem Arm. Das Katzenbaby hatte die Augen geöffnet und blickte ihn ruhig an. Der Mann beugte sich herunter und hauchte einen Kuss auf das winzige Köpfchen zwischen die beiden spitzen Ohren.

Der Nebel der Nacht war wie ein Spuk verweht. Das kalte eisige Auge der Wintersonne schimmerte durch das Fenster.

Der Mann blickte in die klaren, bernsteinfarbenen Augen des Katzenbabys. »Willkommen im Leben«, sagte er und sah, wie die Wintersonne in einem hellen Strahlenkranz zerfloss.

Menschenwärme

Das Tierheim lag genau an der Grenze zwischen Deutschland und Frankreich, malerisch umgeben von einer hügeligen Landschaft. Bucklige Wiesen mit bunten Streublumen, wildem Buschwerk und hohen Laubbäumen erstreckten sich weit bis zum Zaun jenseits der Straße. Es gab ein großes gemütliches Hundehaus, Freilaufgelände und Winterhäuser für viele Arten von Tieren, Vogelvolieren, Ententeiche und eine Eulen- und Igelstation.

Am weitläufigsten und schönsten war das Katzendorf mit seinen flach gestreckten Gebäuden in T-Form, dem Festhaus mit den voneinander abgetrennten kleinen Gehegen für die Katzen, den großen mit Maschendrahtzaun umgrenzten »Einzelapartments« für die Pensions- und Feriengäste und einer umzäunten hügeligen Wiesenlandschaft, in der die Katzen sich austoben konnten.

An diesem Morgen Ende Januar kam der Mann mit dem Findelkatzenkind in dieses Tierheim. »Der Abschied fällt mir schwer von dir, du kleines Zauberwesen«, sagte er zärtlich.

»Aber es muss sein. Das Leben ist hart. Das hast

du ja schon zu Beginn deines Erdendaseins erfahren müssen.«

Anna, die junge Pflegerin, empfing den Mann. »Wen haben wir denn da?«, fragte sie und nahm das Katzenkind in ihre warmen Hände. »So wie du aussiehst, muss ich dich wohl erst mit der Flasche großziehen.«

Der Mann erklärte ihr die Umstände, wie er das Katzenbaby gefunden hatte.

»Einfach weggeworfen«, sagte Anna traurig.

»Ich würde die Katze gern behalten«, sagte der Mann. »Aber es geht leider nicht wegen meiner kranken Frau.«

Anna blickte den Mann an. »Ich werde mich persönlich um dieses kleine Wesen kümmern«, versprach sie. »Es wird es hier gut haben. Und eines Tages wird es hoffentlich ein eigenes gutes Zuhause finden. Ich habe schon drei kleine Katzen in meiner Wohnung aufgenommen, die ich auch behalten werde. Aber mehr geht leider nicht.«

Der Mann strich noch einmal über das seidenweiche Fell des Findlings.

»Wie soll der Kater heißen?«, fragte Anna, die längst bemerkt hatte, dass der Winzling ein »Er« war. »Sie haben das Baby schließlich gefunden.«

Der Mann überlegte einen Moment. »Minkus«, sagte er. »Er soll Minkus heißen.« Der Name war ihm spontan eingefallen.

Anna holte ein Formular aus der Schreibtischschublade und schrieb Minkus in den ersten Katzenpass des Findelkindes hinein.

»Bin ich jetzt so etwas wie ein Pate für Minkus?«, fragte der Mann lächelnd.

»Könnte man so sagen«, entgegnete Anna.

»Gut.« Der Mann griff in seine Brieftasche und legte einen Geldschein auf den Tisch. »Hier, mein erstes Patengeschenk für Minkus«, sagte er.

Anna bedankte sich. »Ich werde Minkus Spezialnahrung dafür kaufen«, versprach sie.

Als Geburtsdatum schrieb Anna »Wahrscheinlich zweite Januarhälfte« in den Pass.

»Darf ich mein Patenkind besuchen, solange er noch im Heim ist?«, fragte der Mann.

»Aber sicher. Kommen Sie, so oft Sie wollen«, entgegnete die junge Pflegerin.

Die Traurigkeit des Mannes verflog etwas. Er würde das Katzenbaby also wiedersehen. Noch einmal streichelte er Minkus, bevor er davonging.

In den nächsten Stunden und Tagen kümmerte sich Anna vorbildlich um Minkus. Da er noch sehr schwach war, wurde er alle zwei Stunden mit der Flasche gefüttert, in der eine Spezialnahrung für Katzenbabys war. Anna nahm ihn nach Dienstschluss mit nach Hause, und Minkus schlief in ihrem Arm ein, während die anderen drei Katzen es sich an Annas Fußende gemütlich machten.

Dank Annas Fürsorge wuchs Minkus schnell heran, erholte sich von den Strapazen seines Lebensanfangs. Manchmal sprach Anna mit ihm, mit einer ruhigen Singsangstimme. »Du hast keine Katzenmutter gehabt, die dir das Wichtigste für das Leben beibringen konnte«, sagte Anna zu Minkus. »Deshalb musst du mich eben als Mutter annehmen.«

Minkus sah sie an, als würde er alles verstehen. Er kannte ihren Geruch, lernte auf die Geräusche in seiner Umgebung zu horchen, fühlte sich geborgen, weil Anna Tag und Nacht bei ihm war. Tagsüber schlief Minkus meistens in einem Körbchen in Annas Büro. Minkus war sehr klug und lernte sehr schnell.

Und eines Tages war es so weit …

16

Im
Katzendorf

»Du musst jetzt auf deinen eigenen vier Pfoten stehen«, sagte Anna streng zu Minkus.

Es war ein Tag Anfang März. Ein milder Wind wehte über das Katzendorf. Schneeglöckchen, Krokusse, Buschwindröschen und Gänseblümchen hatten sich in der warmen Märzsonne aus der Erde hervorgewagt.

Zunächst trug Anna Minkus ins Katzenhaus, wo sie ihn in ein spitzgiebeliges Häuschen aus Holz gleich hinter der Tür zum Wiesengelände setzte. »Das ist jetzt dein Schlafplatz, wenn du dich zurückziehen willst«, sagte sie zu Minkus.

Minkus machte ein paar vorsichtige Schritte in das Halbdunkel und schnupperte ausgiebig. Es duftete nach etwas wie ihm selbst. Schließlich hatten schon andere Katzenkinder hier gewohnt. Aber es roch auch nach Holz und Wolle. Eine weiche Wolldecke war seine Schlafdecke. Minkus schnupperte sich durch alle Winkel, legte sich probeweise auf die Decke und kam dann leise miauend heraus. Er wollte nicht allein sein. Er wollte in die warme wohlige Wärme von Anna. Die fremde Umgebung machte ihm Angst.

Anna zeigte Minkus die Gemeinschaftstoilette.

»Das musst du jetzt als Erstes lernen«, sagte sie. Sie setzte Minkus in die Katzenstreu und wartete.

Minkus brauchte gar nicht erst zu lernen. Er hatte sofort begriffen, ließ einen winzigen Strahl in die Streu, scharrte dann mit der rechten Pfote, an der er das von der Natur gegebene weiße Armband trug, und sah Anna stolz an. Sein Blick sagte: »Habe ich das nicht gut gemacht?« Obwohl er ja noch nie auf einer Gemeinschaftstoilette gewesen war. Bei Anna hatte jede Katze ein eigenes Klo gehabt, auch Minkus. Anna nahm Minkus auf den Arm und streichelte ihn.

»Gut, Kleiner«, sagte sie. »Ich wusste ja, du bist besonders intelligent. Du lernst alles sehr schnell.«

Minkus begann leise zu schnurren.

Auf Annas Arm ging es jetzt hinaus ins Wiesengelände. Die Katzen konnten durch die Katzenklappen hinaus. Aber Minkus musste sich erst in freier Wildbahn zwischen den anderen Katzen zurechtfinden. Hier im Wiesengelände ging es an diesem Morgen hoch her. Es war, als habe die wärmende Märzsonne die Katzen außer Rand und Band gebracht. Durch die hohen Grashalme spitzten Katzenohren. Es gab Katzen aller Couleur, gestromte, weiße, Tigerkatzen, gefleckte, rote, graue in allen Größen und jeglichen Alters, die wild im

18

Wiesengelände herumtobten oder erstarrt wie göttliche Sphinxe vor einem Wiesenloch hockten, um das Gras wachsen zu hören. Aber sie hörten ganz etwas anderes, das Rascheln und Fiepen der Feldmäuse, auf die sie lauerten, königlich, geduldig, aristokratisch.

»So, Kleiner, misch dich unters Volk«, sagte Anna, gab ihm einen leichten Klaps auf sein Hinterteil und setzte ihn mitten auf die Wiese.

Dann ging Anna davon.

Minkus jammerte hilflos, wollte hinter Anna her. Aber die Tür zum Gehege war schon zugefallen, und das mit der Katzenklappe musste Minkus noch lernen. Er fühlte sich ausgesetzt von dem liebsten Wesen, das er kannte. Miauend saß er geduckt da, es klang so, als ob er sein hartes Los beklagen wollte.

Anna war davongegangen, ohne sich noch einmal nach Minkus umgesehen zu haben.

Minkus verstand die Welt nicht mehr. Empört richtete er sich jetzt auf. Er war hochbeinig und schlank, hatte ein spitzes kluges Gesichtchen, feine Ohren und einen klugen Blick. Etwas schaute ihn aus grauen Augen an. Eine große gestromte Katze saß dicht vor ihm. Eine wahre Katzenschönheit. Verächtlich blickte sie auf den kleinen Jammerlappen im Gras herab. Dann drehte sie sich um und schritt königlich davon.

Minkus' Miauen war verstummt. Es war ihm unangenehm, dass ausgerechnet diese Katzenschönheit, eine Katzendame von Welt, ihn in einem solchen Jammerzustand erlebt hatte.

Auch Minkus richtete sich jetzt noch mehr auf. Er schnupperte an einer blauen Glockenblume, machte dann einige Schritte vorwärts und geriet mitten in eine wilde Rauferei von fünf großen Katzenrabauken, die um eine erbeutete Maus stritten. Wie die schlimmsten Gegner keiften sie untereinander, sprangen sich gegenseitig an, verbissen sich, bis auf einmal alles wie ein Spuk zu Ende war und sie in alle Winde davonstoben.

Ein besonders übler, straßenstreunererfahrener Bursche fixierte Minkus genau, der schüchtern dastand. In seinem linken Ohr hatte er eine tiefe Kerbe, sicher von einem Straßenkampf. Denn dass er ein Streuner war, in Straßenkämpfen geübt, sah man seiner mageren langen Figur an, dem fahlen Fell. Dieser zähe Bursche musste auf der Straße zu Hause gewesen sein, bevor er im Katzendorf gelandet war.

Langsam kam er jetzt auf Minkus zu, bleckte sein Maul und zeigte lange, gelbe Zähne. Er stieß ein furchterregendes Fauchen aus. Diesem kleinen Neuen, einem offensichtlichen Hasenfuß, wollte er zeigen, wer das Sagen hat. Minkus wich zurück, besann sich dann aber auf seine angeborene Katerwürde und blieb fest auf seinen dünnen, langen Beinen vor dem Streuner stehen.

Als der Streuner noch einen Schritt an Minkus herankam, wuchs der Kleine über sich selbst hinaus. Vielleicht war es die Katzengöttin Bastet, die ihm die richtige Eingebung gab.

Minkus riss sein kleines Maul ebenfalls auf und stieß ein lautes Fauchen aus. Das war er seiner Katerehre schuldig.

Der Rabauke schien überrascht zu sein und fixierte Minkus aus seinen misstrauischen Augen.

Minkus fixierte zurück. So standen sie sich eine Weile reglos gegenüber und versuchten, sich gegenseitig Respekt zu verschaffen.

»Ffff«, fauchte der Große wieder.

Minkus wich ein wenig zurück, aber wankte nicht.

»Fff«, machte Minkus. Und ehe der Große sich versah, hatte Minkus ihm mit der rechten Pfote mit dem weißen Armband eins über den Kopf gefegt.

Der Rabauke war für einen Moment sprachlos. Dann holte er weit aus, um zurückzuschlagen. Aber in dieser Sekunde entdeckte Minkus seine Stärke. Er erkannte seine Schnelligkeit und lief in Windeseile davon, schlüpfte durch die Katzenklappe, die er instinktiv fand, und fegte zielsicher in sein Katzenhaus. Hier verkroch er sich im hintersten Winkel, legte die Pfote vor Aufregung über sein Gesicht und fühlte sich doch so etwas wie ein Sieger. Er wollte keine weiteren Katzenhändel. Zugegeben, er war ein Sieger, der die Flucht ergriffen hatte. Aber eine offene Niederlage hatte er nicht erlitten, die bei weiteren Scharmützeln mit dem Streuner vorprogrammiert gewesen wäre.

Im Katzenhaus fand ihn schließlich Anna. Vor Erschöpfung von diesem ersten Ausflug war Minkus eingeschlafen. Anna betrachtete ihn lange. Mein Baby, dachte sie zärtlich. Es fällt mir schwer, dich eines Tages loslassen zu müssen. Aber Mütter müssen loslassen können. Ich ahne es, du wirst bald ein richtiges Zuhause finden.

Zur Futterzeit mischte sich Minkus unter das Rudel, das wie besessen an die große runde Futterschüssel stürzte. Minkus machte seine zweite Erfahrung an diesem Tag. Und wieder half ihm seine unglaubliche Flinkheit. Die Großen drängten ihn, den Kleinsten, von der Schüssel weg, stürzten sich gierig auf das Futter. Aber Minkus kämpfte um sein Essen. Immer wieder schlängelte er sich zwischen den Katzenleibern hindurch, war schneller als die anderen und holte sich Bissen für Bissen von der Meute fort. Um jeden einzelnen Happen musste er sich vorwagen. Er wurde nicht satt bei diesem ersten Gemeinschaftsessen. Aber er würde mit seiner Schnelligkeit immer wieder Wege finden, um dennoch nicht zu verhungern.

An diesem Abend schlief Minkus unruhig in seinem Haus. Anna hatte noch einmal nach ihm gesehen, bevor sie nach Hause gegangen war.

Es war Minkus, als schlichen nachts einige große

Katzen um sein Haus, schnupperten herein und schlichen dann wieder davon. Aber das konnte er auch nur geträumt haben.

Denn Minkus hatte viele Katzenträume, und einer dieser Träume führte ihn davon ...

Liebe – so weit wie der Himmel

Es war einer jener Maitage, die Luft war angefüllt von Blumendüften, und der Himmel zeigte sich in einem makellosen Blau.

An einem solchen Tag kam Julia Blumenberg mit einem runden Weidenkatzenkorb in der Hand an der Pforte des Tierheims, öffnete die flache Holztür, die zum Vorgarten führte, und ging auf das Büro zu.

Anna, die Pflegerin, die die junge Frau kommen sah, fasste sich ans Herz. Jetzt war es so weit. Die Frau mit dem Katzenkorb kam sicher, um sich Minkus anzuschauen. Er war der einzige junge Kater, der in der Wohnung gehalten werden konnte, in einem liebevollen Heim inmitten anderer Häuser. Die anderen größeren Katzen konnten nur als »Freigänger« abgegeben werden.

Anna ging der Frau entgegen. »Sie wollen sich mein Baby anschauen?«, fragte sie, denn in Annas Herzen war Minkus immer noch ihr Baby, das sie mit der Flasche großgezogen hatte. So sehr sie hoffte, Minkus würde ein schönes, liebevolles Zuhause finden, so sehr plagte sie jetzt schon der Trennungsschmerz.

Gemeinsam gingen sie ins Katzenhaus, nachdem Anna Julia Blumenberg begrüßt hatte. Julia Blumenberg war ihr auf Anhieb sympathisch. Sie war klein und zierlich, hatte naturbraunes Haar, das sie zu einem Pferdeschwanz zusammengebunden hatte, und schöne, klare, helle Augen.

»Minkus«, rief Anna und öffnete die Maschendrahtgittertür zum Gehege. Aber der kleine Schwarze war nirgendwo zu sehen.

»Sicher hat er sich wieder in seinem Haus verkrochen«, sagte Anna. »Während die anderen draußen herumtoben, zieht Minkus es vor, allein zu sein.«

Anna ging zum Katzenhaus, während Julia mit klopfendem Herzen aufgeregt vor der Drahttür stand. Anna beugte sich ins Katzenhaus und holte Minkus, der geschlafen hatte, heraus. Sie nahm ihn auf den Arm und trug ihn zu Julia hin.

»Das ist er«, sagte Anna und hielt Minkus hoch, sodass Julia ihn in seiner schlanken Größe voll betrachten konnte.

Und von diesem Augenblick an war es um Julia geschehen. Sie blickte in die goldgelben Augen, sah das kluge Köpfchen mit dem spitzen Gesichtchen, die zarten Pfoten und den weißen »Armring« an der rechten Pfote. Es war Liebe auf den ersten Blick.

Minkus blickte Julia an. Seine Schnurrhaare zitterten. Er spürte die Wende in seinem Leben.

Anna kam hinter der Gittertür hervor und legte Julia Minkus in den Arm. Julia spürte die Wärme

25

des kleinen, zarten Körpers. Minkus begann vor Aufregung leise zu schnurren, und Julia drückte den Kleinen an ihr Herz.

»Ja«, sagte sie zu Anna. »Er ist es, auf den ich gewartet habe. Kann ich ihn gleich mitnehmen?«

»Es ist Ihre erste Katze?«, fragte Anna zurück.

Julia bejahte.

»Sie können Minkus gleich mitnehmen. Er ist vorige Woche vom Tierarzt untersucht worden. Er ist kerngesund.«

Anna blickte wehmütig auf Minkus. »Er heißt Minkus und hört auch auf seinen Namen«, sagte sie.

Julia fühlte eine heiße Welle in sich aufsteigen. Sie hielt Minkus im Arm und hätte ihn am liebsten nie wieder losgelassen.

Anna bestand darauf, noch einmal seine Ohren zu säubern. »Du sollst nicht mit unsauberen Ohren von uns gehen«, sagte sie zu Minkus.

Nachdem die Formalitäten erledigt waren, nahm Anna Minkus noch einmal auf den Arm und drückte einen Kuss zwischen seine Ohren. »Leb wohl, mein Kleiner«, sagte sie zärtlich. »Ich weiß, du wirst es gut haben.«

Julia setzte Minkus in den neuen Katzenkorb. Als sie den Heckenweg entlang zum Ausgang ging, sah sie Anna langsam davongehen.

Anna drehte sich nicht um, und Julia ahnte, dass Anna jetzt weinte.

Im Auto vor der Tür des Tierheims wartete Julias Freundin Lea. Sie stieg aus, als sie Julia mit dem Katzenkorb kommen sah. »Ein kleiner Schwarzer«, rief sie aus und betrachtete Minkus eingehend. »Allerdings sieht er ein bisschen verhungert aus. Sieh dir nur das dürre Hälschen an, und seine Rippen kann man ja auch sehen. Hättest du keinen Schöneren finden können?«

»Einen Schöneren?«, fragte Julia erstaunt. »Für mich ist er bildschön. Ich habe mich sofort in ihn verliebt. Du hättest sehen müssen, wie er mich angeschaut hat, so als wären wir seelenverwandt.«

Während Julia mit Minkus im Korb hinten ins Auto einstieg, setzte sich Lea ans Steuer, und sie fuhren durch den Maitag, der für Julia einer der schönsten Tage in ihrem Leben war, denn nun begann ihr Leben mit einer Katze.

Minkus maunzte kläglich in dem verschlossenen Gehege und drehte sich ein paar Mal um seine eigene Achse. Er wollte raus aus dem Korb.

Julia nahm Minkus auf den Schoß. Sofort hörte das Maunzen auf. Und es dauerte nicht lange, da war er auf ihrem Schoß eingeschlafen. Dabei rutschte er immer tiefer nach vorn, fast bis auf Julias Knie, ein schwarzes, schlafendes Bündel, das seinem neuen Zuhause entgegenträumte.

Als sie in Julias gemütlicher Dachgeschosswohnung angekommen waren, küsste Julia Minkus auf das Köpfchen und sagte: »Willkommen daheim.

Ich verspreche dir, dass du es gut haben wirst bei mir, ich werde immer für dich da sein.«

Dann ließ sie Minkus die Wohnung erkunden, zeigte ihm zunächst das Katzenklo im Bad mit dem orangefarbenen Untersatz und dem gelben gewölbten Dach.

»Das Katzenklo sieht wie ein Modell von Colani aus«, scherzte Lea.

Minkus erkundete das Klo, scharrte ein wenig und hinterließ seine erste Duftnote. Dann schritt er bedächtig von Zimmer zu Zimmer, beschnupperte seinen Trinknapf, der im Flur stand, und dann seinen Porzellanfressnapf in der Küche, sprang dann auf Stühle und Tische und rollte sich schließlich in der gemütlichen Couchecke zusammen, wo Julia eine bunte wollene Katzendecke für ihn ausgebreitet hatte.

Währenddessen entkorkte Julia eine Flasche Sekt, und Lea und Julia tranken auf Julias neuen Hausgenossen.

»Kommt Gabriel heute noch vorbei?«, fragte Lea.

Gabriel war Julias langjähriger Freund.

»Nach der Spätsendung«, sagte Julia. Gabriel arbeitete als Redakteur und Moderator beim Rundfunk.

Als Lea sich später verabschiedete, signalisierte Minkus Julia, dass er Hunger hatte.

Julia öffnete die feine Menüdose und zerkleinerte den Inhalt in der Schüssel.

Minkus, an Nahrungsbeschaffung im »Wettlauf-verfahren« gewöhnt, stürzte sich wild auf die Mahl-zeit und schlang in Windeseile alles hastig herunter, während er sich immer wieder hektisch umblickte, ob wohl ein großer Katzenbruder in der Nähe wäre, der ihm jeden Bissen streitig machte.

»Sachte, sachte«, sprach Julia beruhigend auf Minkus ein und streichelte sein Fell. »Ganz ruhig, mein Kleiner, niemand nimmt dir etwas weg.«

Aber Minkus schlang weiter, drehte sich immer wieder um, während Julia ihn beruhigte: »Schling nicht so, das Essen gehört doch dir ganz allein.«

Ob er das hastig verschlungene Essen auch bei sich behalten würde?, fragte sich Julia.

Aber als Minkus hochblickte und sich mit der Zunge über das Mäulchen fuhr, als der Napf blitz-blank leer geputzt war, merkte sie, dass sie sich um ihn keine Sorgen machen müsste.

Zufrieden rollte sich Minkus später in »seiner Couchecke« zusammen, blinzelte noch einmal Ju-lia an und schlief wieder ein. Julia hatte extra für Minkus ein weiches, blaues »französisches« Katzen-bett gekauft. Aber er hatte nur einen Blick darauf geworfen und es vorgezogen, lieber in der Couch-ecke zu schlafen.

Julia betrachtete ihn noch lange, wie er so dalag. Das Band zwischen Tier und Mensch hielt sie um-schlungen.

»Wir beide gehören jetzt zusammen«, murmelte

Julia und streichelte zart über Minkus' Fell. Etwas Einzigartiges war ihr geschehen. Das fühlte sie. In der Hektik der Alltagswelt war Julia, der Tageszeitungsjournalistin, eine Oase der Stille, des Friedens und der Wärme geschenkt worden. In diese Oase würde sie immer wieder zurückkehren können.

Als die Sonne an diesem Maitag unterging, blieb der Himmel noch lange goldviolett gefärbt.

Minkus schnurrt den Abend an

Minkus saß in der Fensterbank und blickte hinaus, unbeweglich wie eine schwarze Sphinx.

Sein Fell war seidig und glänzend geworden. Nach der Hektik im Katzendorf hatte er begonnen, in sich selbst zu ruhen. Seine goldgelben Augen sahen den Kirschbaumzweigen auf der gegenüberliegenden Wiese zu. Sie bewegten sich sanft im Abendwind.

Minkus horchte in die nahende Nacht, und wenn er genau lauschte, hörte er die Blumen wachsen, die Büsche und Sträucher flüstern und die Kirschbaumzweige singen.

Leise setzte sich Julia an das Fenster auf einen Stuhl. Es war wieder ein langer, arbeitsreicher Tag in der Zeitungsredaktion gewesen. Minkus wendete seinen Kopf zu Julia, immer näher, bis er sein Gesicht an Julias Wange rieb. Dabei begann er laut zu schnurren.

Dann sprang Minkus auf Julias Schoß, rollte sich zusammen, schloss seine Augen, sein Schnurren wurde leiser, und so glitt er sachte in sein Katerreich. Julia streichelte ihn.

Tiefer Frieden. Der Tag mit seiner Hektik war im Meer der Zeit ertrunken.

Ein heller Klingelton. Julia und Minkus schreckten auf.

Während Julia zur Wohnungstür ging, schlich Minkus hinter ihr her, er musste wissen, was in »seiner« Wohnung geschah.

Zunächst versteckte er sich unter dem Sessel neben dem Telefon. Erst einmal abwarten im nicht gleich sichtbaren Versteck, was das für ein Störenfried war, der in ihre tiefe Zweisamkeit hereingeschneit kam.

Schnelle Schritte auf der gewundenen Treppe. Die Schritte kannte Minkus schon, und er wagte sich aus seinem Versteck hervor und baute sich hinter Julia auf, die in der Wohnungstür stand.

»Grüß dich«, sagte Gabriel und küsste Julia auf den Mund.

Er war gerade von einem Auslandsaufenthalt im Nahen Osten zurückgekehrt, wo er für den Rundfunk gearbeitet hatte.

Nachdem Gabriel Julia begrüßt hatte, hob er Minkus hoch und trug ihn ins Wohnzimmer, wo er es sich im Sessel bequem machte. Nun schnupperte Minkus ausgiebig an Gabriels Hosenbeinen empor. Gabriel brachte den Duft der großen weiten Welt mit, den nur Minkus riechen konnte. Der Duft gefiel ihm, und Minkus rollte sich auf Gabriels Schuhen zusammen.

»Na, Schwarzer«, sagte Gabriel und streichelte Minkus. »So gut wie du möchte ich es auch mal haben.«

Minkus gestattete dem breitschultrigen Mann mit der dichten dunklen Haarmähne und der schönen Stimme, in »seinem« Sessel zu sitzen, wo »seine« Katzenhaare lagen.

Julia ging in die Küche, holte eine Flasche Wein und Gläser.

Während Julia und Gabriel Wein tranken und sich lebhaft unterhielten, hatte Minkus beschlossen, dieses fremde Menschenexemplar in sein Revier aufzunehmen, um Julias willen. Aber er wachte mit Argusaugen darüber, dass der Menschkater ihm nicht zuviel von Julia wegnahm.

Gabriel holte aus einer Jackentasche ein kleines Päckchen und gab es Julia. »Als Gruß aus der Ferne«, sagte er.

Julia wickelte das Päckchen aus. Minkus sprang auf die Couchlehne neben Julia. Er musste wissen, was hier vorging, zumal das Knisterpapier so schön raschelte und so leuchtend bunt aussah.

»Wie schön«, sagte Julia und betrachtete die acht Zentimeter große Eule aus Onyx, von Künstlerhand geschaffen. Gabriel wusste, dass Julia Eulen liebte und sammelte. In ihrem Bücherschrank standen schon einige schöne Exemplare, aus aller Welt mitgebracht.

»Vielen Dank, Gabriel.« Julia küsste Gabriel auf

die Wange. »Es ist ein besonders schönes Exemplar«, sagte sie.

Gabriel hatte viel zu erzählen an diesem Abend.

Vor Jahren hatten sich Julia und der acht Jahre ältere Gabriel Erlenkamp auf einer Veranstaltung kennengelernt, wo Julia als blutjunge Journalistin tätig war und Gabriel als Rundfunkmann. Gabriel war noch immer beim selben Rundfunksender, während Julia zu einer größeren Zeitung gegangen war.

Minkus, diskret und sensibel wie er war, hatte sich in seinen Katzenweidenkorb in der Sofaecke zurückgezogen. Ein schwarzes Bündel, das trotz scheinbarer Teilnahmslosigkeit alles um sich herum wahrnahm. Dafür war er eben eine Katze.

Als Gabriel ging, begleitete ihn Julia bis zur Tür.

»Du siehst immer noch wie zweiundzwanzig aus, als wir uns kennenlernten«, sagte Gabriel.

»Ich bin dreißig«, sagte Julia lachend. »Und du gehst auf die vierzig zu.«

»Ich gehe jetzt erst einmal mit Riesenschritten nach Hause«, erwiderte Gabriel. Er wohnte nur zwei Straßenzüge weiter von Julia entfernt.

»Gute Nacht, Gabriel, und Dank für die schöne Eule.«

»Gute Nacht, Nachteule, und schenk deine Liebe nicht nur deinem Stubenkater.«

Minkus, der alles sehr wohl mitbekommen hatte, kam nun aus dem Körbchen heraus, streckte sich, schmeichelte um Julias Beine und begann mit der »Kleinen Nachtmusik«. Leise schnurrend begleitete er Julia ins Bett, legte sich auf ihre Füße und wusste, dass die Nacht nun ihnen gehören würde. Ihnen beiden ganz allein.

Minkus auf Vogeljagd

Der Sommer hatte sich verabschiedet, und der Herbst verwandelte die Natur und malte alles in flammenden Farben. Minkus hatte die Sommertage oft oben auf dem Spitzdach verbracht, wo er wie der König der Kater neben dem Schornstein thronte, hoheitsvoll auf alles Niedere herabblickte und in den blauen Himmel emporschaute. Durch das Fenster gelangte er in einem einzigen eleganten Sprung aufs Dach.

Der Wind strich durch sein schwarzes Seidenhaar, er hatte sich zum schönsten Jungkater, den man sich denken konnte, entwickelt. Lang und schlank, hochbeinig, mit stolzem Tänzergang und wachsamem Blick hatte er seine Umgebung erobert.

War ihm das Tageslicht zu hell, zog er sich in seine Kleiderschrank-Dunkelkammer zurück, oder er schlief im Abstellraum auf der kühlen Kartoffelkiste. Manchmal streckte er sich auch auf Julias Schreibtisch lang aus, der nach Eichenwald duftete.

Das spitze Dach war jedoch seine Sommerresidenz in Ermangelung anderer Freilufträume. Er hatte sie als alleiniger Herrscher inne, wenn man von den flatterhaften Vögeln absah, die sowieso nie lange irgendwo blieben. Saß er schwarz und reglos neben dem Schornstein, machten sie einen weiten Bogen um ihn. Instinktiv ahnten sie, dass Minkus, der Stolze, ein Vogelhasser war, der keinen Federspaß verstand.

Heute Morgen war ein stürmischer Herbsttag angebrochen. Der Wind wehte kühl vom Hochwald her, und Minkus saß jetzt hinter Glas auf seinem Dachfensterhochstand, um mit den Augen auf Vogeljagd zu gehen. Julia war in der Redaktion, und Minkus machte sein eigenes Programm. Als geborener Entertainer war es ihm nie langweilig.

Heute interessierten ihn die Vögel, die sich für den großen Flug in den Süden zu formieren begannen.

Reglos, ein einsamer Jäger, verharrte er auf der Fensterbank neben dem Grastopf, den Julia für ihn als Stubenkater gepflanzt hatte, damit er Grünes abknabbern konnte. Das war für die Verdauung notwendig.

Die Bäume auf der Wiese hatten ihr buntes Kleid angezogen. Verwegen flatterten die vielfarbenen Blätter im Wind. Im Sommer diente das Blattwerk oft als kurzfristige Sommerherberge für die Singvögelzwitscherlinge.

In der Frühe, wenn der erste Vogel den Tag ansang, stürmte Minkus aufs Fensterbrett und hörte und sah den Vögeln zu, die wild vor Lebensfreude sich von Ast zu Ast schwangen. Sie brachten ihn jedes Mal in Rage. Julia hätte zu ihm gesagt: »Minkus, du bist nur neidisch, weil sie fliegen können und du nicht.«

Er ließ die Morgensänger nicht aus den Augen, fixierte sie wie ein Hypnotiseur, folgte ihrem Flug in den aufblätternden Morgenhimmel. Minkus, der Jäger hinter Glas. Das war sein wunder Punkt.

Mit seiner Schwanzspitze trommelte er zum Halali, alle schien er sie in Gedanken zu erlegen.

Jetzt, im Herbst, war es stiller geworden, einige der Vögel hatten bereits die weite Reise angetreten. Die frechen Krähen trieben sich vorwiegend auf den Feldern herum.

Minkus' Ziel war an diesem Morgen die Fernsehantenne, der Landeplatz der dicken Tauben, die von irgendwoher kamen und nach irgendwohin flogen. Die trägen Tauben sahen Minkus von oben herab hämisch an. Minkus blickte zurück. Auge um Auge. Flügelknattern gegen Katzensprung. Das wär's gewesen, wenn nicht die Trennscheibe da wäre. Aber im Herbstwind ließ Julia alle Fenster zu.

Es waren fünf fette Tauben, die sich auf der Fernsehantenne breitgemacht hatten. »Siehst du, du schwarzes Monster, uns kannst du nichts anhaben in deiner Klausur, uns trennen Welten«, schienen sie zu spotten.

Eine dicke, lilagrau gefiederte Taube zeigte ihm ihre Schadenfreude mit einem Klecks aus ihrem

Hinterteil, der auf der blanken Fensterscheibe landete und dem einsamen Jäger kurz die Sicht trübte.

Minkus, der König der Kater, zeigte seinerseits seine tiefe Missachtung, indem er sie keines Blickes mehr würdigte, sondern ins bunte Laubwerk starrte, als hielte sich dort eine Vogelschar aus besseren Kreisen auf, weit gereist und mit Niveau, die die Fantasie eines Jägerkaters anders anregen konnte als die plumpen Knattertauben.

Minkus, ein Jäger auf verlorenem Posten, aber ein Abbild der Beharrlichkeit. Heute Nacht würde er von ihnen träumen. Er würde sie alle fangen, um sie Julia im trauten Bettgeflüster in die schlafenden Arme zu legen, samtweich, Beute als Dank für ihre Liebe – so weit wie der Himmel …

Eine Pfote wäscht die andere

»Findest du nicht, dass du langsam übertreibst mit deiner Katzenliebe? Man hat den Eindruck, dass du nur noch mit deiner Katze lebst«, sagte Lea zu Julia an diesem Abend im Oktober, als der stürmische Herbstwind die Blätter von den Bäumen fegte, an den Fenstern rüttelte, die Wolkengebirge durcheinanderjagte und den Regen an die Scheiben klirren ließ. Auch in der bald beginnenden Nacht würde der Sturm nicht nachlassen.

Lea und Julia saßen bei einem Glas Wein zusammen in Julias Wohnzimmer. Minkus hatte sich im Couchwinkel eingerollt, schwarz wie die Nacht, die er schlafend ignorierte.

Lea fuhr fort: »Du bist in diesem Jahr nicht verreist wegen deines Katers, du hast Gabriel einen Korb gegeben, als er mit dir ein paar Tage nach Berlin fahren wollte, und ich höre immer öfter von dir: »Ich bin froh, wenn ich zu Hause bei Minkus bin.«

Julia trank einen Schluck Wein und lachte leise.

»Lea, dieser kleine schwarze Kerl mit seiner weißen Seele tut mir so unendlich gut.«

Lea sah Julia etwas spöttisch an. »Du bist nur noch für deinen Kater da. Er braucht nur ›rrr‹ zu sagen, und du springst. Tür auf, Tür zu. Liegt er auf deinem Sessel und döst, setzt du dich woanders hin, willst du abends in Ruhe fernsehen, miaut er laut und zeigt seinen Unmut darüber. Obwohl du lieber lesen oder dich ausruhen würdest, jagt er dich vom Stuhl, und du springst mit ihm im Kreis herum, weil er mit dir spielen möchte. Du suchst viele Male in sämtlichen Ecken, um seine weiße Spielzeugmaus irgendwo hervorzuholen, wo er sie versteckt hat.

Du hast doch selbst gesagt, dass er dich in aller Herrgottsfrühe mit seinem Miauen aus dem Schlaf weckt, mit der Krallenpfote durch dein Haar fährt, und dass du dann aus dem Bett springst, um ihm etwas zu fressen zu geben. Er frisst, kurze Zeit später will er wieder bei dir liegen, während du vergeblich versuchst, erneut einzuschlafen. Wenn du mich fragst, ist er ein richtiger kleiner Tyrann, der dich ständig auf Trab hält.«

»Ist er nicht«, beharrte Julia in ihrer unerschütterlichen Katzenliebe. »Schau, Lea, du bist eine erfolgreiche Geschäftsfrau, die mit beiden Beinen auf der Erde steht. Ich weiß, ich bin manchmal mit meinen Gedanken in den Wolken und manchmal kann ich vor mich hinträumen, dösen wie er, nur nicht so perfekt. Mit Minkus auf dem Schoß lebe ich mit mir im Einklang. Minkus ist der Friede in mir.«

»Schöner Friede«, murmelte Lea und trank ihr Glas Wein leer.

»Für mich wäre das nichts. Allein die Tatsache, ich müsste das Katzenklo ständig sauber machen. Und dann kann ich das lautlose Heranschleichen nicht vertragen. Plötzlich steht so ein Felltier hinter dir, und du hast nichts gehört.«

Wieder lachte Julia. »Gerade das Leise ist ja das Schöne an einer Katze«, erwiderte sie. »So eine Katze kann sanft, weich, einfühlsam sein, genau wie ein Mensch, der einem nahesteht.«

»Sie kann aber auch ihre Krallen zeigen«, sagte Lea. »Sieh dir doch nur mal dein zerkratztes Bein an. Minkus hat doch immer wieder Tricks auf Lager, um sich bemerkbar zu machen. Er mimt den Jammerlappen vor deiner Schlafzimmertür, baut sich vor der ›Klagemauer‹ auf, miaut in den höchsten leidvollen Klagetönen, und schon öffnet sich die ›Klagemauer‹. Sofort geht das Jammern in zufriedenes Schnurren über, schnurrend stolziert er mit dir in die kalte Küche zum Fressnapf. Hast du mir doch alles selbst erzählt.«

»Schau, Lea, lass es mich dir erklären. Es ist so: Eine Pfote wäscht praktisch die andere. Er gibt mir so viel Liebe, Zärtlichkeit und Wärme, er bringt mich mit seinem Temperament zum Lachen. Was gebe ich ihm dafür zurück?«

»Aber deshalb musst du dich nicht zum Sklaven deiner Katze machen, Julia. Dein Kater wird es überleben, wenn du mal ein paar Tage verreist und ihn allein lässt.«

»Noch nicht«, sagte Julia. »Vergiss nicht, er hat schlimme Erfahrungen in seinem jungen Leben gemacht. Und das Leben im Katzendorf war für ihn als Kleinsten auch nicht leicht. Er braucht meine ganze Liebe und Zuwendung.«

Lea seufzte. »Dir ist eben nicht zu helfen«, sagte sie scherzhaft.

Dann kamen sie auf andere Themen zu sprechen. Kurz nach Mitternacht fuhr Lea mit dem Taxi nach Hause.

Julia und Minkus lagen im Bett. Minkus hatte sich auf Julias Füßen eingerollt, den Kopf zwischen den Pfoten. Noch immer tobte dieser unheimliche Herbststurm vor den Fenstern, der mit aller Kraft durch die Bäume fuhr.

Minkus schnurrte leise, bis er schließlich eingeschlafen war.

»Bist du ein Tyrann?«, murmelte Julia im Halbschlaf. »Niemals«, sagte sie zu sich selbst. »Denn unsere Liebe ist so weit wie …«

Dann war Julia ebenfalls eingeschlafen.

Aus dem Nest gefallen

Die Herbstsonne glitzerte in der Dachfensterscheibe. Durch den offenen Spalt wehte der Oktoberwind seine Düfte ins Zimmer. Minkus saß auf der Fensterbank und blickte in das Glitzern und Leuchten. Er blinzelte.

In der großen hohen Blautanne, die ihre breiten Äste hoch über das Dach reckte, schwebten die hellen Fäden des Altweibersommers, so als wollten sie ein Netz von sommerlichen Erinnerungen weben.

Minkus sprang mit einem langen Satz aufs Dach und näherte sich vorsichtig den schwingenden, tanzenden Fäden in den Tannennadelästen. Ihr feines Schwingen faszinierte ihn.

Mit der rechten langen Vorderpfote haschte Minkus nach einem der Fäden. Dabei verlor er vor Eifer das Gleichgewicht und plumpste in die Astgabel der Tanne. Die spitzen scharfen Nadeln stachen in sein Seidenfell. Ärgerlich leckte Minkus es ab. Was waren das für widerliche unangenehme Borsten? Inzwischen war »sein« Faden längst davongeschwebt.

Minkus saß inmitten der Stachelnadeläste und

44

schaute sich aus dieser ungewohnten Perspektive neugierig um.

Unter ihm lag der Heckenweg mit der Kirschbaumwiese, den Blumengärten, in denen nach hinten versetzt die schmucken Häuser standen. Vorsichtig glitt Minkus von Ast zu Ast immer tiefer. Ein betörender Herbstblumenduft strömte ihm entgegen.

Minkus hatte gerade die unterste Astgabel erreicht und wollte den Stamm herunterspringen, um unbekanntes Terrain zu erobern, als ein ohrenbetäubendes Ungetüm sich der Tanne näherte. Erschrocken blieb Minkus im dichten Geäst sitzen. Erst einmal abwarten.

Das dröhnende Ungetüm hielt direkt unter der Tanne. Ein junger Mann mit schwarzen Haaren sprang aus der Fahrerkabine und sprach den alten Herrn Wahl an, der in der Parterrewohnung wohnte und gerade aus dem Fenster sah.

Minkus beobachtete alles mit wachsamen Augen. Unter Minkus klaffte eine Öffnung in dem Ungetüm, das jetzt keinen Laut mehr von sich gab. Eine Plane wurde klatschend gegen die Hinterklappe geschlagen. Auch das faszinierte Minkus. Die fremde dunkle Höhle schien ihn unwiderstehlich anzuziehen. Vorsichtig sah Minkus sich um, während der fremde Mann immer noch mit Herrn Wahl sprach. Dann sprang der Kater mit einem kühnen Satz in die Öffnung, wo er ein Abenteuer witterte.

Noch nie hatte Minkus allein seine vier Wände bei Julia verlassen. Aber als dynamischer Jungkater, für den es Zeit wurde, seine Kräfte zu erproben, die Welt jenseits der vier Wände zu erforschen, musste er eben auch einmal etwas riskieren auf seinen eigenen vier Pfoten.

Im Halbdunkel des riesengroßen Wagens roch es nach Unbekanntem. Minkus musste niesen. Überall standen Kisten und Kartons dicht gedrängt, über die Minkus sprang oder an denen er sich durchschlängelte.

Minkus zwängte sich gerade durch einen Kistenspalt, als die Falle von hinten plötzlich zuschnappte. Der Fahrer hatte die lose Plane entdeckt und sie festgezurrt. Dann stieg er ins Fahrerhaus. Auf einmal fing das Ungetüm wieder zu brüllen an, setzte sich ohrenbetäubend in Bewegung und fuhr davon.

Der Schock für Minkus war so groß, dass er zunächst wie gelähmt im Dunkeln sitzen blieb. Dann ergriff ihn Panik. Er schlich blindlings zum vermeintlichen Ausgang, während er sich bei den schlingernden Bewegungen des Lasters kaum auf seinen Beinen halten konnte.

Aber es gab keinen Ausgang mehr. Verzweifelt kratzte Minkus wie wild an der Plane, aber sie öffnete sich nicht mehr. Minkus saß in der Falle. Seine Haare sträubten sich vor Angst. Er begann laut zu protestieren, zu miauen und zu fauchen. Aber niemand hörte ihn. Von nirgendwo kam Hilfe. Das brüllende Ungetüm übertönte das klägliche Miauen und war für Katzenohren kaum zu ertragen.

Wo war Julia? Wo war sein Katzenkorb, wo seine Spielzeugmaus?

Minkus hockte nahe der Hinterklappe und wurde hin und her geschüttelt, wenn der Laster sich in die Kurven legte. Dann wurde es etwas ruhiger, und der gleichmäßige Singsang der Autobahn nahm Mensch und Tier auf. Vor lauter Verzweiflung und Miauen war Minkus eingeschlafen, erschöpft und im wahrsten Sinne des Wortes wie gerädert.

Als er erwachte, war es still um ihn herum. Tiefe dunkle Nacht umfing ihn. Minkus lauschte in die fremde Nacht. Erneut versuchte er, aus dem schrecklichen Gefängnis herauszukommen. Vergeblich. Er hatte Hunger und Durst und Sehnsucht nach Julia.

Und plötzlich fiel ihm auf, dass das Ungetüm zu schlafen schien. Es gab keinen Mucks von sich.

Was blieb Minkus übrig, als sich in sein Schicksal zu ergeben? Schon seit Urzeiten hatten die Katzen in aller Welt das weise Warten gelernt. Es war einfach in ihnen, seit der majestätischen Zeit der Katzengöttin Bastet im alten Ägypten. So wartete auch Minkus, Stunden um Stunden vergingen. Er döste, miaute im Schlaf und lag eingerollt zwischen den fremden Kisten und Kartons.

Leise dämmerte der Morgen herauf. Minkus sah

es daran, dass Licht durch die Ritzen fiel. Er richtete sich auf und lauschte. Feste Schritte näherten sich dem Ungetüm. Minkus spannte alle seine Katzensinne an. Dann begann er laut und klagend zu miauen in allen Tönen und Facetten, die er auf Lager hatte. Plötzlich hielten die Schritte inne. Minkus miaute im kräftigen Fortissimo und im Dauerton. Er klagte bitter an, wen oder was auch immer.

Auf einmal wurde die hintere Plane zurückgeschlagen. Grelles Sonnenlicht schien Minkus entgegen. Erschrocken öffnete er die Augen. Da saß er, schwarz wie die Nacht, verstört, und starrte in zwei graue Menschenaugen, die verblüfft zurückstarrten.

»Dios mios«, sagte Antonio. »Was habe ich denn hier für einen blinden Passagier an Bord?« Seine Stimme klang tief und beruhigend. Antonio, der portugiesische Fernfahrer spanischer Herkunft, zog Minkus vorsichtig zwischen den Kisten hervor und hielt ihn in seinen großen Händen, um ihn genau zu betrachten.

Minkus blinzelte. Der Fremde roch gut nach Essen, und Minkus fing kläglich an zu miauen. Er hatte Hunger.

»Wie bist du nur zu mir an Bord gekommen?«, fuhr Antonio fort, während er Minkus immer noch hoch emporhielt. »Wo habe ich dich aufgelesen? Bist du ein kleiner Tedesco? Wir haben noch eine lange Reise vor uns. Was mache ich jetzt mit dir?«

Minkus blickte den fremden Mann mit der freundlichen Stimme an. Unheil schien von ihm nicht zu drohen.

Wieder miaute Minkus kläglich. Antonio überlegte kurz. »Wenn ich dich hier zurücklasse, wirst du eine Streunerkatze und dir kann viel Leid geschehen. Du siehst sehr gepflegt aus, mein Schwarzer. Von der Straße kommst du nicht. Überhaupt bist du ein bildhübscher Bursche. Ich werde dich Tedesco nennen, wo immer du auch herkommst. Vorläufig nehme ich dich erst einmal mit. Was bleibt mir anderes übrig«, sagte Antonio. Er redete mit der Katze wie mit einem Menschen.

Nach diesen Überlegungen schwang sich Antonio mit Minkus im Arm ins Führerhaus und setzte Minkus auf der breiten gepolsterten Bank neben sich ab.

»Du hast sicher Hunger und Durst«, fuhr Antonio in seiner stummen Zwiesprache fort. Er holte eine Flasche Milch aus der Kühlbox, goss sie in einen Plastikteller, und Minkus stürzte sich darauf und trank gierig. Danach gab es noch einige Brocken Wurstbrot.

Antonio, der ein umsichtiger Mann war, dachte sogar an ein Katzenklo. Er fasste nach hinten und holte einen leeren Karton aus dem Wagen, legte ihn dick mit Zeitungspapier aus und stellte ihn in die Ecke unter der Bank.

»So, wenn du musst, wirst du ja als kluger Kater

sicher den richtigen Ort finden«, sagte er. Er hatte längst erkannt, dass Minkus ein Kater war.

»Schwierigkeiten wird es an der nächsten Grenze beim Zoll geben, wenn sie dich entdecken«, überlegte Antonio weiter. »Dann musst du dich verstecken und dich still verhalten.«

Minkus, satt und einigermaßen beruhigt, rollte sich auf der weichen Bank zusammen und verfiel kurze Zeit später in einen tiefen und erlösenden Schlaf. Seine Schwanzspitze zuckte, und sein rechtes Ohr bewegte sich, als Antonio den Motor anließ, um seine Fahrt fortzusetzen. Es ging weiter über Autobahnen, Landstraßen, hügelige Bergstraßen, durch Tunnels und wieder die Autobahn entlang.

Als Minkus diesmal erwachte, stand die Sonne bereits hoch am Himmel. Es war irgendwie eine andere Sonne, heller, gleißender, funkelnder. Minkus richtete sich auf und blickte durch die breite Frontscheibe, in der die Sonnenstrahlen tanzten.

Das Ungetüm, in dem er saß, fraß in Windeseile die Autobahn auf. Fasziniert schaute Minkus zu, wie immer wieder die Straße vor ihm verschwand.

Als sie sich der nächsten Grenzstation näherten, sagte Antonio streng: »So, jetzt werde ich dich hinter einer großen Kiste auf der Ladefläche verstecken.« Er hielt an, packte Minkus und setzte ihn hinter einen Karton, sodass er nicht mehr zu sehen war. »Fang bloß nicht mit deinem Miaukonzert an«, warnte Antonio Minkus. »Dann bist du geliefert, und ich kann nichts mehr für dich tun. Du bist sozusagen ein Illegaler, hast weder Impf- noch Namens- und Herkunftspass. Wenn du entdeckt wirst, wirst du beschlagnahmt.« Antonio lachte leise. Er wusste sehr wohl, dass Minkus ihn nicht verstehen konnte. Aber vielleicht beruhigte Antonio sich damit nur selbst. Antonio vertraute auf den Instinkt der Katzen.

Als der Zollbeamte kam und die Plane hochschlug, verhielt Minkus sich ganz still. Er ahnte, dass jetzt Ruhe geboten war. Kurze Zeit später durfte Antonio seine Fahrt fortsetzen.

Antonio hielt kurz hinter der Grenze an und holte Minkus aus seinem Versteck hervor. »Das hast du brav gemacht«, lobte er. »Jetzt kann nichts mehr passieren.«

Als sie den nächsten Rastplatz anfuhren, zeigte der Abendstern eine neue fremde Nacht an.

Diesmal schlief Antonio mit Minkus im Wagen. »Aus Solidarität«, sagte Antonio zu Minkus. »Jetzt sind wir Gefährten der Landstraße, auch wenn du dich bei mir heimlich eingeschlichen hast.« Wieder lachte Antonio leise. Er streichelte Minkus' Seidenfell. »Wir Trucker sind die Könige der Landstraße. Du bist also in keiner schlechten Gesellschaft, mein stolzer Tedesco.«

Minkus fiel mit einem tiefen »Rrr« in Antonios leises Lachen ein.

»Ich sehe, wir verstehen uns«, murmelte Antonio, bevor er einschlief.

Minkus rollte sich dicht an ihn heran und begann zum ersten Mal, seitdem er seine vertraute Umgebung verlassen hatte, lange zu schnurren, so, als wolle er sich selbst beruhigen. In dieser sternenklaren Nacht wurde es Minkus auf einmal ganz schwer um sein Katerherz. Er blickte noch lange in die Sterne, die weit von ihm entfernt waren, so weit wie Julia, die er nun nicht mehr erreichen konnte.

Vergebliche Suche

Als Julia an jenem verhängnisvollen Morgen in die Redaktion fuhr, hatte Minkus noch fest in seinem Katzenkorb im Wohnzimmer geschlafen, wohin er sich in der Nacht von Julias Bett aus geschlichen hatte. Auch Bettschmusekater brauchen einmal das Alleinsein in der Nacht.

Julia warf dem schlafenden Minkus eine Kusshand zu. Er hatte mühsam ein Auge geöffnet und sie schlaftrunken angeblinzelt.

Als sie am Abend nach Hause kam, hatte sie sich wie immer gleich gebückt, um den wartenden Minkus hinter der Wohnungstür zu streicheln. Aber da war kein Minkus.

»Minkus, ich bin doch da!«, rief Julia, während sie ins Wohnzimmer ging, um nachzusehen, wo Minkus war. Sie suchte alle Räume, alle Winkel und Schrankverstecke ab und rief immer wieder seinen Namen. Es kam vor, dass Minkus sich aus reinem Katervergnügen versteckte, sie suchen und rufen ließ und sich mucksmäuschenstill verhielt, bis Julia ihn dann im hintersten Winkel des Elektroherdkastens, hinter der Kartoffelkiste im Abstellraum oder in der dunklen Tiefe des Kleiderschranks zwischen abgelegten Sachen fand.

Aber diesmal half kein Suchen und Rufen.

Als Julia das halb offene Dachfenster entdeckte, suchte sie mit den Augen das Dach ab. »Minkus, Minkus, wo steckst du denn?«, rief sie beunruhigt.

Aber Minkus, der König der Dachkater, hatte weder seinen Schornsteinplatz noch einen anderen auf dem Dach eingenommen. Gähnende Dachleere starrte Julia an. Noch nicht einmal die Vögel waren zu sehen. Eine seltsame, bedrohliche Stimmung umfing Julia, und sie spürte eine angstvolle Ahnung. Viele unheilvolle Bilder gingen ihr durch den Kopf. Minkus könnte vom Dach abgestürzt sein, tot im Garten liegen, er könnte von einem Auto überfahren, von Katzenfängern eingefangen sein.

Julia stürzte nach unten in den Garten, suchte das ganze Gelände und die Straße ab, durchquerte die Kirschbaumwiese, immer wieder nach Minkus rufend.

Ihr verzweifeltes Rufen lockte Herrn Wahl auf den Plan. »Suchen Sie Ihre Katze?«, fragte der alte freundliche Herr und kam aus der Haustür.

Julia bejahte.

»Heute Morgen habe ich gesehen, wie Ihre Katze von der Dachrinne aus in die große Blautanne gesprungen und dann nach unten geklettert ist«, sagte Herr Wahl.

»Sie meinen, er ist ausgerissen?«, fragte Julia angstvoll.

Herr Wahl zuckte mit den Schultern.

»Dann kam kurz darauf der große ausländische Transporter. Der Fahrer hatte sich verfahren und war in unserem stillen Weg gelandet. Der Brummifahrer fragte mich, wie er wieder auf die Hauptverkehrsstraße gelangen würde. Vielleicht hat der große Laster Ihre Katze erschreckt.«

Julia hätte am liebsten laut losgeheult. Sie fühlte sich sterbenselend. »Ein Transporter?«, fragte sie.

»Ja. Aber wenn er Ihre Katze überfahren hätte, hätte ich das bemerkt. Junge Frau, Ihre Katze kommt bestimmt wieder. Sicher hat sie sich verlaufen und sucht nun den Weg nach Hause«, tröstete Herr Wahl Julia. »Sie brauchen sich keine Sorgen zu machen.«

Julia dankte Herrn Wahl. Aber sie machte sich große Sorgen. Wie sollte Minkus nach Hause finden als reiner Stubenkater? Julia suchte weiter. Aber ihre Suche war vergeblich. Niedergeschlagen kehrte sie ins Haus zurück.

Die ganze Nacht über ließ Julia das Dachfenster offen in der Hoffnung, Minkus würde über das Dach wieder nach Hause finden. Immer wieder lauschte sie in die Stille. Aber kein zärtliches »Miau«, kein dunkles »Rrr«, kein leises Schnurren waren zu hören.

Am nächsten Morgen ging Julia wieder nach

draußen, um Minkus zu suchen. Bei jedem Schatten, der vorüberhuschte, schlug ihr Herz schneller in der Hoffnung, Minkus von irgendwoher auftauchen zu sehen mit stolz erhobenem Schwanz, erfüllt von seinem Freigang, den er allein bewältigt hatte. In Gedanken sah Julia Minkus um ihre Beine schmeicheln. Aber nichts dergleichen geschah.

Julia setzte in den folgenden Tagen Suchanzeigen in die Zeitungen, klebte Suchzettel an Bäume und Wände und rief die Tierheime in der Umgebung an.

Der Oktober versprühte noch einmal seinen herbstlichen Zauber. Die Tage waren für Julia von Trauer erfüllt. Minkus, der von irgendwoher gekommen war, war ins Irgendwohin verschwunden und hatte in Julia eine tiefe Leere hinterlassen. Er war ohne Abschied von ihr gegangen, und sie wusste, dass sie bis ans Ende ihrer Tage auf ihn warten würde.

Gabriel versuchte Julia zu trösten. »Schaff dir eine neue Katze an. Dann kommst du besser über den Verlust hinweg«, meinte er.

Aber Julia hatte den Kopf geschüttelt. Sie konnte den Gedanken an eine andere Katze noch nicht ertragen. In den Nächten träumte sie von Minkus, ihrem stolzen schwarzen Kater. Dann spürte sie seine Wärme, hörte sein Schnurren, seine variationsreichen »Rrrs«, »Mrrs«, sah das Leuchten in seinen Bernsteinaugen und glaubte, ihm tief in die Seele blicken zu können.

Minkus hatte sich zu tief in ihr Herz geschlichen. Dort bewahrte Julia ihn. Und dann gab es noch diesen Funken Hoffnung, der so wie die Sterne war, die erstrahlten und erloschen und wieder erstrahlten und alles in ein tröstendes Licht tauchten.

In der Fremde

Irgendwann an diesem sonnendurchfluteten Tag hielt der große Truck an. Antonios und Minkus' Reise war beendet. Sie waren angelangt. Nach langer Fahrt. Minkus erwachte davon, dass Antonio ihn in den Arm nahm und mit ihm aus dem Führerhaus sprang.

»So, Tedesco«, sagte er zu Minkus. »Wir sind daheim in Lissabon. Ich werde meine Fracht abladen lassen und dann mit dir in meine Wohnung in der Altstadt gehen. Nach dem großen Brand vor vielen Jahren habe ich dort ein schönes neues kleines Haus. Vorläufig kannst du bei mir wohnen. Aber in vier Tagen muss ich wieder auf die Straße. Allein kann ich dich nicht hier lassen. Ich werde versuchen, für dich jemanden zu finden, bei dem du ein gutes Zuhause bekommst.«

Obwohl Minkus nicht verstehen konnte, was Antonio sagte, fühlte er instinktiv, dass wieder etwas Bedeutsames auf ihn zukam. Antonio hatte so oft während der Fahrt zu Minkus gesprochen. Das kam daher, dass er so allein in dem Ungetüm war. Manchmal unterhielt er sich über Funk mit anderen

Kollegen der Landstraße. Aber die meiste Zeit war das Alleinsein um ihn. Minkus war auch allein gewesen, wenn Julia nicht zu Hause war. Aber wie bei allen Katzen gehörte das Alleinsein zu seinem Katzenleben.

Es dauerte einige Zeit, bis der Truck entladen war. Während die Arbeiter der Firma, an die Antonio die Fracht geliefert hatte, Kisten und Kartons ausluden, lehnte Antonio an der mit wilden Blumen überwucherten Mauer und blickte über den Tejo-Fluss, auf die bunten Boote, die wie Schmetterlinge im Wasser schwebten.

Der Himmel war wie ein Seidentuch, die Luft wie Champagner. Es roch nach Meer, Früchten, Gebratenem, Gesottenem und vielem mehr.

Minkus kauerte auf der warmen Steinmauer neben Antonio und beobachtete wachsam alles um ihn herum. Es war eine fremde Welt, nichts Vertrautes konnte er erschnuppern. Die Luft war anders als daheim, der Tag war anders, die Menschen waren anders, die Gerüche und das Licht, und auf einmal fühlte Minkus so etwas wie unendliches Heimweh. Er wollte zu Julia, er wollte auf sein Dach oder in seinen Katzenkorb. Minkus richtete sich auf, streckte sich und wollte von der Mauer springen und davonlaufen, aber Antonio bekam ihn gerade noch zu packen.

»Nicht ausreißen, kleiner Tedesco«, sagte er. »Lissabons Straßen sind nichts für fremde Katzen und so einen wie dich, der das freie Streuner-Straßen-wesen nicht kennt. So gepflegt, wie du aussiehst, könnten dich die Streunerkatzen hier glatt für einen noblen Kater halten und dir übel mitspielen.«

Als der Wagen ausgeladen war, schloss Antonio ihn ab, zurrte die Plane fest und ließ ihn auf dem großen Geländeparkplatz stehen. Dann schlender-te er mit Minkus im Arm durch Lissabons Straßen, weg vom Tejo, wo die Tejo-Straßenjungen ihnen spöttische Bemerkungen nachriefen, die Antonio lachend zurückgab.

Es ging durch kleine Gassen und große breite Straßen, und auf Minkus strömten die bunten, fremden Bilder dieser Stadt unaufhörlich ein. Seine Schnurrhaare zitterten im leichten Wind, der vom Tejo kam, und sein kleines Katerherz klopfte vor Aufregung von all dem Neuen.

Minkus war wie in ein Karussell geraten, das sich unablässig drehte. Er sehnte sich nach der Ruhe in seiner Dachwohnung. Wie gern hätte er sich jetzt auf Julias Schoß eingerollt und sein zufriedenes Lied geschnurrt.

Antonio ging mit weiten stolzen Schritten. Er war jung und kräftig und lebensfroh. Als sie die breite Treppe zur Altstadt hinaufstiegen, wurde Antonio von Bekannten, die vor den Türen standen oder saßen, freudig begrüßt.

»Hast du dir statt einer Frau eine Katze mitge-bracht, Antonio?«, rief ein junger Mann und zeigte auf Minkus. »Du solltest dir lieber eine junge Frau ins Haus holen, damit jemand da ist, wenn du heimkommst«, spottete ein anderer gutmütig.

Antonio blieb stehen, begrüßte die Freunde und lachte mit ihnen. Er berichtete, wie Minkus zu ihm gekommen war.

Kräftige Hände streckten sich Minkus entgegen, um ihn zu streicheln.

»Ein Schwarzer von Irgendwoher«, sagte ein halbwüchsiger Bursche. »Was fängst du jetzt mit ihm an?«

»Leider kann ich ihn nicht behalten. Ich bin ja immer unterwegs«, entgegnete Antonio.

Die Gruppe der Männer nickte. Aber keiner wollte Minkus für immer bei sich haben. Sie hatten genug mit sich selbst und ihren Familien zu tun.

»Wir haben schon einen Hund«, »Maria hat Kanarienvögel«, »Ich will kein Tier haben«, hörte Antonio jeden sagen. Sie klopften ihm auf die Schulter und gingen zu anderen Gesprächsthemen über.

Antonio wollte sich gerade grüßend abwenden, um die wenigen Schritte in sein schmuckes weißes Haus zu gehen, das er größtenteils in Eigenarbeit errichtet hatte, als Alberto in seinem Rollstuhl angefahren kam.

»Hallo, Alberto«, begrüßte ihn Antonio.

Alberto war ein dunkelhaariger Mann von außergewöhnlicher Schönheit. Er hatte dunkle, schwermütige Augen in seinem jungen Gesicht. Sein Haar fiel ihm bis auf die Schultern. Er hatte eine schön geschwungene Stirn, ein markantes Gesicht und ein feines Lächeln. Seine Hände, die über der Decke lagen, waren schmal und feingliedrig. »Was für eine schöne Katze«, sagte Alberto. Seine Hände fuhren leicht und schwebend über Minkus' Fell. Ganz leise begann Minkus bei der Berührung zu schnurren. Die Hände streichelten weiter, wohltuend und zärtlich.

»Es ist ein Kater«, sagte Antonio. »Ich nenne ihn Tedesco. Als blinden Passagier muss ich ihn irgendwo in Deutschland aufgelesen haben. Und jetzt weiß ich nicht, wohin mit ihm.«

Albertos Haare waren so schwarz und glänzend wie Minkus' Fell. Alberto lachte leise. »Er hat meine Haare«, sagte er mit Humor. »Meinst du nicht, Antonio, der Kater und ich sind uns ähnlich?«

»Wie meinst du das?«, fragte Antonio.

»Katzen und Tänzer sind sich ähnlich«, beharrte Alberto. »Wir Tänzer versuchen, die Katzen im freien Sprung zu erreichen, wir bemühen uns um ihre Eleganz, wir müssen auf unsere feinen inneren Stimmen hören. Nur bei Katzen ist alles königlicher. In ihrer Vollkommenheit können wir sie nie erreichen.«

Alberto lächelte traurig. »Ich hätte gern deine Katze, Antonio. Willst du sie mir überlassen? Maria, meine Schwester, wird für sie sorgen.«

In Albertos Augen war auf einmal eine tiefe

Sehnsucht. »Ich bin dann nicht mehr so allein, du weißt schon, seit meinem Unfall. Der kleine Tedesco kann mit mir im Rollstuhl durch Lissabons Straßen fahren. Ich werde ihm Lissabon zeigen.«

Antonio blickte lächelnd auf Alberto. Dann verdunkelten sich seine Augen. Er hatte tiefes Mitgefühl mit dem jungen Mann, der einmal ein großer Tänzer gewesen war, der auf den Bühnen der Welt getanzt hatte und jetzt durch einen Bühnenunfall an den Rollstuhl gefesselt war. Antonio dachte daran, wie Alberto sich vom Bühnenboden abgehoben hatte, um in den Bühnenhimmel zu fliegen, scheinbar schwerelos mit seinen weiten eleganten Sprüngen, und das Publikum hatte ihm zugejubelt.

Antonio legte Minkus behutsam in Albertos Arme. »Es ist besser, du nimmst ihn gleich. Dann gewöhnt er sich an dich«, sagte Antonio.

Alberto streckte die Arme aus und hob Minkus auf die weiche Decke auf seinen Schoß. Wieder streichelte er ihn zärtlich, und Minkus fasste zu diesen zärtlichen Händen Zutrauen.

»Er wird es gut haben bei mir«, versprach er Antonio.

Teils mit Bedauern, teils erleichtert verabschiedete sich Antonio von Alberto und Minkus. Er streichelte noch einmal über sein warmes glänzendes Fell. »Adios, Tedesco«, sagte er zärtlich. »Wir sind ein Stück des Weges gemeinsam gegangen beziehungsweise gefahren. Jetzt beginnt ein neues Leben für dich.«

Er drehte sich noch einmal nach Minkus und Alberto um, als Alberto in seinem Rollstuhl, mit Minkus auf dem Schoß, in einer engen Gasse verschwand.

Minkus krallte sich mit den Pfoten in die Decke. Es war ungewohnt für ihn, in einem Rollstuhl über holpriges Straßenpflaster zu fahren. Aber er spürte Albertos Wärme. Sachte rollte der Rollstuhl durch die engen Straßen, bog um die Ecke und fuhr dann auf ein kleines, hellgrün angestrichenes Haus mit blühendem Blumengarten zu, während Alberto unaufhörlich und eindringlich mit Minkus sprach.

Noch immer schien die helle portugiesische Sonne alles in Glanz zu verwandeln. Alberto fuhr mit Minkus durch eine schmiedeeiserne Pforte in den wild wuchernden bunten Blumengarten hinein. Die Düfte waren so betäubend, dass Minkus niesen musste.

Alberto durchquerte eine zu ebener Erde gelegene Tür und kam in einen großen hellen, lichten Raum. »Willkommen daheim«, sagte Alberto und gab Minkus einen Kuss auf seinen Kopf. »Jetzt bist du mein Gefährte. Ich hoffe, du willst das auch. Und ich werde viel von dir lernen, was Tänzer nur in ihren Sternstunden und vielleicht nur einmal in ihrem Leben erreichen können, die Vollkommenheit des Augenblicks. Und ich werde versuchen zu zeichnen und zu malen, um deine Katzeneleganz festzuhalten.«

Seit Alberto gelähmt war, hatte er begonnen zu zeichnen und zu malen.

Maria kam ins Zimmer und schaute still auf die fremde Katze.

»Das ist Tedesco«, stellte Alberto Minkus vor. »Von nun an wird er bei uns sein. Du hast doch nichts dagegen?« Und dann erzählte er seiner Schwester, die ihm den Haushalt führte, wie er zu Minkus gekommen war. Wortlos ging Maria in die Küche und kam wenige Minuten später mit einem Porzellannapf voll Essen für Minkus zurück.

Minkus näherte sich langsam der Essschale, schnupperte vorsichtig, sah Alberto an und blickte dann zu Maria. Und dann fing er langsam an zu essen. Alberto und Maria sahen sich an und lächelten.

Dann holte Maria noch einen Napf voll Wasser. Minkus trank in kurzen Zügen.

Es war der erste Willkommenstrunk in seinem neuen Zuhause.

Die fremden Straßen singen

Minkus lebte nun schon seit fünf Monaten bei Alberto und Maria. Er hatte ein schönes Zuhause gefunden, voll Ruhe und Geborgenheit. Nachts schlief er meistens wie früher mit Julia auf Albertos Bett. Jeden Abend, wenn der Tag sich verabschiedet hatte und die glutrote Sonne wie ein feuriger Luftballon am Horizont des Tejo versunken war, fuhr Minkus mit Alberto durch die Straßen Lissabons, in denen es um diese Zeit von Leben brodelte. Alberto liebte den Abend und die Nacht. Schließlich hatte sein Tänzerleben sich abends unter dem dunklen oder strahlenden Bühnenhimmel erfüllt.

Minkus hatte es sich angewöhnt, hinter Albertos Rücken im Rollstuhl zu sitzen. Das hatte den Vorteil, dass er selbst alles beobachten konnte, denn er saß aufrecht da. Aber er selbst konnte nicht gleich auf den ersten Blick gesehen werden.

»Du bist ein gutes Polsterkissen für mich«, hatte Alberto lachend zu Minkus gesagt.

An den Abenden und in den Nächten hörte Minkus die fremden Lissabonner Straßen singen und klingen. Sie wurden ihm allmählich vertraut.

Abends erwachten sie zu ihrem eigenen besonderen Leben. Einmal, als es schon Nacht war und sie durch die Straßen fuhren, kamen sie an Straßenbauarbeitern vorbei, die bei Lampenlicht hämmernd und klirrend Steine klopften, um die Straße zu reparieren. Dabei sangen sie fremde Lieder, die schwermütig durch die Nacht klangen.

»Sie singen Fado«, sagte Alberto und summte leise mit.

Ein anderes Mal waren sie dem Einäugigen begegnet, einem hinkenden jungen Straßensänger, den stets das gleichmäßige Tacken seines Gehstocks ankündigte. Der junge Mann sang mit einer wunderschönen rauen tiefen Stimme die traurigen Lieder. Viele hörten zu und spendeten Geld. Manchmal begleiteten Alberto und Minkus den Sänger durch die Straßen.

Minkus hatte das Tacken des Gehstocks zunächst erschreckt, aber dann erkannte er den Einäugigen schon von Weitem, bevor Alberto ihn wahrnahm.

Für Minkus, den ehemaligen Stubenkater, war es ein völlig neues Lebensgefühl, abends und nachts durch Lissabons Straßen zu ziehen, geborgen hinter Albertos Rücken. Und Minkus hatte erkannt, dass ihn die Nacht magisch anzog. Er konnte es kaum erwarten, wenn die Sonne untergegangen war, mit Alberto die Lissabonner Nächte in den Straßen zu erleben. Die Vielfalt der Gerüche und Geräusche. Und allmählich konnte Minkus die

Geräusche unterscheiden, sie wurden ihm vertraut: das Ächzen und Seufzen des stählernen Lifts inmitten der Stadt, der die Menschen auf einen der sieben Hügel brachte, von denen Lissabon herabschaute auf die Unterstadt, das helle Quietschen der gelben Straßenbahn, wenn sie sich in die Kurven legte, das vielstimmige Konzert der Menschenstimmen, den Gleichklang der vorüberfahrenden Autos und ihrer Motoren, das tiefe Gebrumm der Busse und das Gehupe der altersschwachen Taxis, wenn sie in halsbrecherischem Tempo durch die Straßen rasten. Über allem schwebte wie eine unsichtbare feine Wolke der Geruch des weiten hellen Flusses.

An diesem Vorfrühlingsabend des neuen Jahres bekam Alberto Besuch. Alberto saß gerade in seinem Patio zwischen Oleander, Hibiskusblütenranken, feurigen Ziersträuchern und anderen wilden Pflanzen und las. Minkus hatte sich in einem großen runden Blumenkübel zusammengerollt und döste, als die Türklingel ihn aufschreckte. Er hob den Kopf und lauschte.

Maria öffnete die Tür. Dann kamen leichte Schritte näher. Eine anmutige grazile Gestalt mit langem tiefschwarzem Haar, leuchtenden blauen Augen und langen Beinen schwebte geradezu auf Alberto zu.

»Mirjam«, rief Alberto überrascht und breitete die Arme aus.

Und das grazile junge Geschöpf stürzte auf den Rollstuhl zu, warf sich in Albertos Arme, legte den Kopf an seine Wange und schloss die Augen.

Minkus beobachtete alles argwöhnisch aus den Augenwinkeln. Wie konnte das fremde Geschöpf es wagen, sich so an »seinen« Menschen heranzuwerfen?

Eine kleine Ewigkeit hielten die beiden jungen Menschen sich umschlungen. Keiner sprach ein Wort, bis Mirjam sich lächelnd von Alberto löste.

»Wir haben uns sehr lange nicht gesehen, mon ami«, sagte Mirjam und küsste Alberto zärtlich auf den Mund. Albertos Augen begannen zu leuchten.

Minkus mit seinem feinen angeborenen Katzengespür ahnte, dass hier etwas Wunderbares geschah. Diese beiden Menschen schienen irgendwie zusammenzugehören. Er war auch nicht mehr eifersüchtig wie im ersten Moment.

»Ich hatte richtig große Sehnsucht nach dir«, sagte Alberto.

Mirjam saß auf einen Hocker neben Alberto. Sie trug einen kurzen weißen Rock, einen leuchtend blauen Pulli, weiße Seidenstrümpfe und weiße Pumps.

»Alberto, seitdem du nicht mehr bei der Truppe und bei mir bist, habe ich meinen Fixstern verloren«, sagte Mirjam traurig und streichelte Albertos Haar.

Auch Alberto bekam traurige Augen.

»Weißt du, was ich manchmal denke?«, fragte er. »Es wäre besser gewesen, wenn ich damals bei dem Unfall meinen letzten Bühnensprung gemacht hätte.«

»So etwas darfst du nicht sagen«, erwiderte Mirjam leidenschaftlich. »Alberto, ich liebe dich. Denk doch, wir beide haben unsere wunderbare Bühnenzeit gemeinsam gehabt. Nie wieder habe ich einen so wunderbaren Pas-de-deux-Partner wie dich wiedergefunden. Aber unsere Sternstunden kann uns niemand nehmen. Sie werden in uns bleiben. Und du, Alberto, wirst dein Talent, das niemals verloren geht, auf andere Art wiederfinden. Ich weiß es.« Mirjam streichelte Albertos Hand und sah ihm in die Augen.

»Vielleicht hast du recht«, erwiderte Alberto. »Manchmal bin ich ein echter Jammerlappen.« Er griff in die Mappe neben sich. »Ich will dir etwas zeigen«, sagte er. Er reichte Mirjam den Zeichenblock.

Mirjam schlug die erste Seite auf. »Das ist ja wunderbar«, sagte sie nach einer Zeit des Schweigens ergriffen.

Alberto hatte gestern eine Skizze gezeichnet, ein Tänzer, der sich fast schwebend in den Bühnenhimmel hebt. Es folgten weitere Tanzszenen, Pas de deux, Pas de trois, das Corps de Ballet.

»Alberto, du tanzt auf dem Papier weiter«, sagte Mirjam und lächelte.

»Wenn ich schon nicht mehr von der Erdenschwere loskomme, will ich wenigstens versuchen, es in meinen Visionen, Träumen, Erinnerungen und Bildern auszudrücken«, entgegnete er.

Die letzte Skizze zeigte eine anmutige Katze, eingerollt und den Kopf zwischen den Pfoten.

In diesem Augenblick hielt Minkus, der sich bisher ruhig verhalten hatte, es für angebracht, auf der Bildfläche zu erscheinen. Lange genug hatte er still den Beobachter auf Distanz gespielt. Jetzt war die Zeit reif für seinen Auftritt. Er streckte sich und schritt dann würdevoll und langsam auf Alberto und Mirjam zu.

Mirjam blickte zur Seite und sah ihn kommen. Das Licht fiel in seine weisen Katzenaugen, sodass sie wie goldgelb grünlich schillernde Glasperlenaugen aussahen.

»Du hast eine Katze?«, fragte Mirjam überrascht. Dann blickte sie wieder auf die Zeichnung und erkannte Minkus.

»Er ist ein Kater. Man hat ihn mir sozusagen in den Rollstuhl gelegt«, scherzte Alberto und erzählte Mirjam, wie Minkus zu ihm gekommen war.

Mirjam streckte vorsichtig ihre feingliedrige Hand aus, und Minkus kam näher und schnupperte daran. Diese Menschenhand roch gut.

»Du bist wunderschön«, sagte Mirjam.

Minkus entdeckte seine Kavaliersmanieren, begann leise zur Begrüßung zu schnurren und rieb seinen Kopf an Mirjams Hand. Das war beinahe wie ein menschlicher Handkuss. Die weiche Hand streichelte spielerisch über sein Fell, sodass Minkus vor lauter Katerprickeln und Lebensfreude ein langes tiefes »Rrr« von sich gab. Dann sprang er auf Mirjams Schoß.

»Du bist ein wunderschöner Kater«, flüsterte Mirjam in Minkus' Ohr. »Mit deinen eleganten langen Beinen und deinem schönen langen Körper, geschmeidig wie ein Tänzer.«

Ihre Stimme war genauso angenehm wie die von Alberto. Es musste etwas Wunderbares sein, das man zu ihm sagte. Voller Stolz schnurrte er, als wolle er ein langes Schnurrband weben und es Mirjam zu Füßen legen.

Mirjam und Alberto waren ihm ebenbürtig, das spürte er bis in die Spitzen seiner Schnurrhaare.

An diesem Abend durchquerten sie gemeinsam Lissabons Straßen. An der Ecke, wo das große Denkmal stand, trafen sie den Einäugigen, der extra für Mirjam ein wunderbar trauriges Lied sang.

Als die Nacht fortgeschritten war und sie zurückkehrten, legte Mirjam sich still neben Alberto ins Bett. Minkus wartete erst einmal ab. Da war nun diese Menschin, die sich zu »seinem« Menschen ins Bett legte. Aber er wurde versöhnt, als Mirjam aufstand, Minkus sachte hochhob und ihn zu sich ins Bett holte. Minkus lag still eingerollt auf einem Fuß von Mirjam und einem Fuß von Alberto.

Während die beiden Menschen leise miteinander sprachen, fing Minkus an zu dösen. Wie von Ferne hörte er noch immer die Straßen Lissabons singen und klingen, bis er eingeschlafen war.

Er träumte von Mirjam und von Julia, die noch irgendwo tief in seinem Innern war und doch so weit von ihm entfernt. Die Erinnerung an sie trug er wie etwas Kostbares in seinem jungen Katerherzen. Er seufzte im Schlaf und erwachte erst, als die Frühlingssonne schon hoch am Himmel stand und einen neuen strahlenden Tag verhieß.

Schattenseiten

Mirjam blieb eine Woche bei Alberto und Minkus. In dieser Zeit lebte Alberto auf. Sie lachten gemeinsam viel, und Mirjam verstand es immer wieder, Alberto aus seinen zeitweilig trüben Gedanken herauszuholen.

Alberto und Mirjam waren beide Solisten an der Lissabonner Oper gewesen. Mirjam war jetzt Primaballerina. Sie hatten wunderbare gemeinsame Tanzauftritte erlebt bis zu dem Schreckenstag vor einem Jahr, als das große Bühnengerüst unter Alberto zusammengebrochen war, während er sich gerade vom Podest zu einem weiten Sprung abgehoben hatte. Er stürzte so unglücklich sieben Meter in die Tiefe, dass er seitdem gelähmt blieb. Albertos Tänzerkarriere war damit beendet.

»Du darfst nicht aufgeben«, hatte Mirjam immer wieder zu ihm gesagt. »Alberto, du hast nur dieses eine Leben, und es ist kostbar. Vergeude es nicht, indem du nur an die Vergangenheit denkst. Du hast deine wunderbaren Sternstunden gehabt, wie sie nur wenige Menschen erleben, und die zählen für ein ganzes Leben. Niemand kann sie dir nehmen.«

Seitdem Alberto zu malen begonnen hatte, war das Leben für ihn erträglicher geworden. Mirjam war zu ihrem Gastspiel nach Italien aufgebrochen. Alberto fühlte sich niedergeschlagen, griff aber doch wieder zum Zeichenstift. Dann fasste er einen Entschluss. Er meldete sich bei einem Professor der Kunstakademie an, um alles zu lernen, was notwendig war.

Eine Woche später begann der Unterricht, und Alberto studierte Maltechniken, Malstile, übte das Mischen von Farben und vieles mehr.

Und während er malte, vergaß er seine Traurigkeit. Er schien aus sich herauszufliegen, wurde körper- und schwerelos, wenn diese neue gestalterische Welt ihn aufnahm. Das war beinahe so wie einst, als er mit seinen hohen Sprüngen dem Bühnenhimmel entgegenflog. Alberto hatte eine andere Welt gefunden, die ihn den Sternen näher brachte.

Mirjam wollte das Tanzen aufgeben, damals, als Alberto nicht mehr bei ihr war. Aber Alberto hatte darauf bestanden, dass sie ihre Tanzkarriere fortsetzte. Sie hatte mit ihren fünfundzwanzig Jahren noch eine große Bühnenkarriere vor sich. Alberto und Mirjam wussten, dass man sie nicht wirklich trennen konnte, auch wenn jeder einen anderen Weg ging.

»Komm, Minkus«, rief Alberto an diesem schönen Märztag. »Am Tejoufer legt das große Passagierschiff an. Lass uns das anschauen.«

Langsam setzte Minkus, der im Patio herumgetrödelt hatte, sich in Bewegung. Er trödelte absichtlich weiter. Schließlich war er ein Katerherr, den man nicht wie einen Hund herumkommandieren konnte. Minkus war eben Minkus und kam würdevoll in die Vorhalle spaziert.

Viele Menschen waren am Kai, als Alberto und Minkus eintrafen. Die Tejojungen lungerten wie üblich herum. Als das weiße Schiff einfuhr, kam Bewegung in die Menge.

Minkus, der hinter Albertos Rücken saß, richtete sich auf und schaute zu dem weißen Schiff hinüber. Die Passagiere, die an Land kamen, wurden von einer Folkloregruppe begrüßt. Gitarren, Mandolinen und Gesang erklangen. Um Alberto und Minkus war ein vielstimmiges Menschengewirr.

Als die Menge sich zerstreute, nahm Alberto die Abkürzung nach Hause. Die Sonne schwebte wie ein rot glühender Ballon am hohen blauen Himmel. Alberto fuhr eine schmale Gasse in der Altstadt empor.

Plötzlich kam ihm eine Horde junger angetrunkener Männer entgegen, die laut grölte. Minkus richtete sich auf und spähte hinter Albertos Rücken hervor auf die lauten Menschen. Als die Jungen die schwarze Katze sahen, gerieten sie geradezu aus dem Häuschen. »Der fährt mit einer Katze spazieren«, grölte einer, und ehe Alberto eingreifen konnte, hatte ein Glatzköpfiger Minkus grob am Genick gepackt, hob ihn hoch und schleuderte ihn in hohem Bogen durch die Luft.

Minkus gab ein wütendes Fauchen von sich. Alberto schrie auf, Minkus stürzte über eine Steinmauer und blieb im Gras liegen. Er schüttelte sich etwas benommen, sprang dann mit einem Satz wieder über die Mauer. Er wollte nichts weiter als wieder zu seinem Menschen. Alberto. Aber dieser war von der grölenden Gruppe umringt. Sie drehten den Rollstuhl im Kreis und lachten und hatten ihren Spaß dabei.

Leise schlich Minkus sich an den Rollstuhl heran, duckte sich und sprang den Kahlköpfigen, der ihn über die Mauer geschleudert hatte, mit einem einzigen langen Sprung von hinten an, fuhr seine spitzen Krallen aus und hinterließ seine Spuren auf dem kahlen Schädel des Mannes.

Der Mann schrie wütend auf, Blut tropfte von seinem Kopf. Er ließ vor Wut und Schreck den Rollstuhl los und gab ihm einen Tritt. Der Rollstuhl mit Alberto rollte in atemberaubendem Tempo die steile Gasse hinunter, kippte um und Alberto landete auf dem harten Kopfsteinpflaster, ehe er hätte eingreifen können.

Währenddessen hatte sich die Horde verzogen. Auf einmal war es sehr still geworden. Minkus miaute kläglich und hetzte die Gasse hinunter zu Alberto. Alberto lag mit dem Gesicht nach unten auf dem Pflaster und rührte sich nicht mehr.

Vorsichtig tastete Minkus mit seiner Samtpfote nach Alberto. Endlich kamen ein Mann und eine Frau. Sie riefen einen Krankenwagen, während Minkus geduckt neben Alberto kauerte. Der Notarzt untersuchte Alberto. Alberto hatte eine blutende Stirnwunde und war nicht ansprechbar.

»Wahrscheinlich eine Gehirnerschütterung«, sagte der Arzt. »Ein paar Tage Krankenhaus, und er wird wieder in Ordnung sein.«

Alberto wurde auf einer Trage in den Krankenwagen getragen. Minkus wollte hinterher, aber ein Sanitäter bekam ihn zu fassen.

»Du hast hier nichts zu suchen, du Straßenstreuner«, sagte er grob und beförderte Minkus wieder nach draußen.

Während der Krankenwagen sich in Bewegung setzte, hetzte Minkus in langen Sprüngen hinterher. Es war die Hölle. Autos hupten, Menschen riefen, während Minkus im Zickzack davonjagte, zwischen quietschenden Autos hindurch. Beinahe wäre er unter die Räder eines Lastwagens geraten.

Er hetzte weiter, immer weiter hinter dem Krankenwagen her, der Alberto von ihm fortbrachte. Dann war der Wagen plötzlich in einer Kurve verschwunden. Ein Mann hielt Minkus fest und schleuderte ihn über einen Gartenzaun.

»Deinetwegen soll es keinen Unfall geben«, sagte er erbost.

Minkus sprang über den Zaun und hockte sich

auf dem Gehsteig neben einem Blumentrog nieder. Er befand sich in einem völlig fremden Viertel. Nichts erinnerte an die Gerüche und die Geräusche in seiner Wohngegend und an die Straßen, die er abends und nachts mit Alberto abgefahren hatte.

Alles war fremd. Wo war sein Menschkater geblieben?

Minkus trottete mit hängendem Schwanz in eine stille Seitenstraße. Nur fort von dem infernalischen Lärm, den bedrohlichen Fahrzeugrädern.

In einer dunklen Ecke zwischen einer Garage und einer Steinmauer kauerte sich Minkus hin. Er verharrte lange so.

Langsam kam die Dämmerung. Minkus schmerzten die Pfoten vom langen Hetzen auf den heißen Straßen. Auf einmal war es still um ihn geworden. Von fern her drang der Straßenlärm nur gedämpft zu ihm.

Ein strenger Pflanzengeruch lag in der Luft, den Minkus noch nicht kannte. Minkus raffte sich auf und schlich die stille Straße weiter entlang. Es war eine ruhige Wohngegend. Minkus überquerte einen Vorgarten, sprang über einen Jägerzaun und landete in einer Straße mit alten Bäumen, in der nur vereinzelt Häuser standen. Er lief an einer hohen, langen, mit Efeu umwachsenen Steinmauer entlang. Dahinter befand sich ein mit Buchsbaum und Lebensbaumhecken und Laub- und Nadelbäumen bestandener alter Friedhof.

Minkus sehnte sich nach Ruhe nach all der Aufregung.

Minkus sprang auf die Mauer und landete dann auf der anderen Seite weich auf einem mit Efeu bewachsenen Grab. Über dem Grab breitete ein weißer steinerner Engel weit seine Flügel aus.

Minkus hatte in seinem jungen Katerleben noch nicht bewusst Böses von Menschen erlebt. Heute war es das erste Mal gewesen. Seine sensible Katerseele war verletzt. Minkus legte sich unter die weiten Flügel des Engels.

Auf einmal war es Nacht. Minkus war sehr durstig. Er erhob sich und trank aus einer bis zum Rand gefüllten Blumenvase Wasser. Dann legte er sich wieder neben einem Blumentopf auf dem weichen Efeugrab nieder. Die Straßen sangen nicht mehr, so sehr Minkus auch lauschte.

Unter den weißen Engelsflügeln schlief er schließlich ein. Er hatte in dieser Nacht seinen Engel gefunden, der ihn beschützte vor der Finsternis der Nacht und der Finsternis der Menschenseelen.

Minkus und Diva

Minkus erwachte, als der Silbermond wie eine Himmels-Fata-Morgana davonschwebte, um den immer heller werdenden Farben des Himmels Platz zu machen. Noch lag Dämmerung in der Luft. Es duftete nach feuchter Erde, Blumen und dem Fluss, den der Wind mit sich trug.

Minkus blinzelte, reckte und streckte sich, richtete sich dann auf und schaute sich um. Seine feinen Bartsensoren begannen zu zittern. Minkus schnupperte den neuen Tag, das fremde Leben, und vor Einsamkeit rollte er fast seinen Schwanz um sich selbst.

Als er in Richtung des großen, mit weit ausladendem Geäst versehenen Eichenbaums blickte, sah er, wie sich etwas im hohen Gras bewegte.

Minkus reckte den Kopf. Zwischen den Grashalmen bemerkte er eine dunkel gestromte große Katze, die jetzt wieder reglos wie eine Sphinx, die langen Pfoten anmutig nebeneinander gelegt, gelangweilt vor sich hindöste.

Sie war eine makellose Katzenschönheit, das erkannte Minkus sofort. Sie hatte ein glänzendes Fell,

einen schön geformten runden Kopf und sma-
ragdgrüne Augen.

Minkus ließ kein Auge von der Katzenschönheit.
In gebührendem Abstand bewunderte er sie. Dann
setzte sich Minkus langsam in Bewegung, scheinbar
gelangweilt kam er der Katze immer näher.

Die Schöne blickte hochmütig über ihn hinweg,
als wäre er Luft. Minkus tänzelte jetzt auf sie zu,
sein großes liebevolles Katerherz machte einen
Sprung. Als er die Schöne erreicht hatte, die noch
immer keine Regung von sich gab, stupste er sie
sanft mit seiner Nase an. Hey, ich mag dich, sollte
das heißen.

Die Katzendiva drehte sich jetzt erst einmal um
und zeigte ihrem morgendlichen Verehrer die kalte
Schulter. Auf so eine plumpe Anmache von einem
hergelaufenen Kater fiel sie nicht herein.

Minkus wich enttäuscht einen Schritt zurück. In
diesem Augenblick wurde es plötzlich für Katzenohren laut. Zwei Männer in Arbeitskleidung, von
denen einer eine Schubkarre schob, unterhielten
sich, und die Karre holperte über die Friedhofswe-
ge, an den Grabsteinen entlang.

Plötzlich sah der größere Mann die beiden Katzen und kam wutentbrannt mit einer Schaufel auf
sie zu. »Wollt ihr Streuner wohl abhauen«, brüllte
er und schwenkte bedrohlich die blitzende Eisen-
schaufel. »Ihr wühlt mir die Gräber auf, macht eure
Notdurft zwischen die Blumenvasen und stiftet

Unruhe mit eurem widerlichen Gezanke und Gekreische. Darüber hinaus macht ihr nur Arbeit, und die Friedhofsbesucher beschweren sich über euch.«

Diva, die so etwas nicht zum ersten Mal erlebte, preschte erstaunlich schnell und nicht mehr würdevoll davon. In langen panischen Sätzen hastete sie quer über die Gräber.

Minkus hastete instinktiv hinter ihr her. Beinahe hätte ihn ein Stein getroffen, den der wütende Mann hinter ihnen herschleuderte.

Plötzlich war Diva verschwunden. Minkus maunzte leise. Und dann sah er ein schönes Katzenohr in einer Baumhöhle hervorspitzen, deren Stamm mit dichtem Buschwerk bewachsen war. Minkus sprang auf die Baumhöhle zu, in der Diva zitternd vor Wut und Angst hockte.

Jetzt war Solidarität angesagt. Minkus setzte sich still neben die Schöne. Keine Bange, ich bin bei dir, sollte das heißen.

Und auf einmal wurde aus der Hochmütigen eine kleine zaghafte Katzenfrau, die sich eng an den schönen schwarzen Jungkater kuschelte und beinahe einen verliebten Ausdruck bekam. Minkus genoss seine plötzliche Spitzenposition in vollen Zügen und begann seiner neuen Flamme erst einmal eine seiner schönen beruhigenden Arien vorzuschnurren. Er fühlte sich als ihr Beschützer.

Es dauerte nicht lange, und die Schöne fiel in einer höheren Tonart schnurrend ein. So schnurrten die beiden sich ihren Frust über das rüde Verhalten der Männer von der Seele und kamen sich im Duo schnurrend näher.

Nach dem morgendlichen Schnurrkonzert dösten sie ein. Bis Diva kläglich zu maunzen begann. Der Hunger plagte sie. Auch Minkus hatte seit Langem nichts mehr gegessen.

Diva, die Streunererfahrene, wusste, was zu tun war. Sie musste ihr Leben erst seit kurzer Zeit heimatlos auf der Straße verbracht haben, denn ihr Fell schimmerte in makelloser Schönheit, ihre Augen waren klar. Was für ein Schicksal hatte sie wohl hier auf den Friedhof geführt?

Diva zeigte Minkus den Weg. Begeistert, eine Katzenfreundin gefunden zu haben, schloss Minkus sich Diva an.

Sie schlichen durch Straßen, Gassen, über Plätze und gelangten schließlich in eine breite große Prachtstraße. Minkus hatte mehrere Prachtstraßen mit Alberto kennengelernt. Aber hier war alles fremd für ihn.

Vor einem vornehmen Hotel, an dessen Portal ein livrierter Portier stand, machte Diva halt. Dann schritt sie hoheitsvoll auf den Mann zu.

»Da bist du ja wieder, du Schöne«, sagte der Portier, beugte sich herunter und streichelte Diva. »Und diesmal hast du dir einen Kavalier mitgebracht?« Er blickte Minkus an.

In diesem Augenblick fuhr ein Taxi vor, eine vornehme Dame und ein ebenso vornehmer Herr stiegen aus. Der Portier lief zum Taxi, öffnete die Tür, machte eine Verbeugung und begrüßte die Gäste.

Wie auf ein Zauberwort hin war plötzlich ein Gepäckträger da, und durch die Drehtür kam ein junger Page mit keck sitzendem, rotem Käppi auf dem schwarzen Haar. Gefolgt von dem dienenden Tross zog das Paar durch die Drehtür.

Diva und Minkus warteten, bis der Einzug beendet war. Der Portier wandte sich ihnen wieder zu und stieß einen Pfiff aus. Vom Hinterhof des Hotels preschte ein junges Mädchen herbei.

»Amelia, wir haben vierbeinige Gäste. Gib ihnen etwas zu essen«, sagte er zu ihr.

Kurze Zeit später kam Amelia mit einer großen Schüssel Essensreste zurück, die sie kurz aufgewärmt hatte.

Heißhungrig und gar nicht mehr ladylike machte sich Diva mit Minkus über die Speisen her. Der Portier schaute lächelnd zu, wie die beiden schönen Katzen alles in Windeseile verputzten. Da beide gute Manieren hatten, bedankten sie sich artig bei dem Portier, indem sie eine ausgiebige Schmuserunde um seine Beine drehten.

Die gemeinsame Mahlzeit hatte Diva und Minkus eng zusammengebracht. Gesättigt und zufrieden trotteten sie davon, auf den Straßen der Abenteuer. Aber in Minkus brannte die Sehnsucht nach Alberto und er versuchte, den Weg zu ihm zu finden. Aber es war unmöglich. Er nahm viele Spuren auf, in der Hoffnung, die eine zu finden, die ihn zurückführte. Aber die Abenteuer hatten ihn so verwirrt und erschreckt, dass er orientierungslos blieb. So blieb Minkus an Divas Seite.

Der Morgen war schon vorangeschritten, als sie wieder auf dem stillen Friedhof ankamen, der Divas Freiluftheimat zu sein schien. Die beiden bösen Männer waren verschwunden. Hin und wieder begegneten die beiden Katzen Grabbesuchern, die ihren toten Lieben lebendige Blumengrüße brachten und Lichter anzündeten.

Als die Mittagssonne heiß vom Himmel schien, verzogen sich Diva und Minkus wieder in die schützende Baumhöhle, die ihnen Geborgenheit bot.

Und Minkus träumte von Alberto, und dann führte ihn sein Traum weiter zurück, und es war ihm auf einmal, als ob ihn Julias Duft, der seine ganze Sehnsucht weckte, umgeben würde und ihn traurig machte. Divas gestromte Pfote lag auf seinem Rücken, und Minkus träumte weiter, bis sich die Traurigkeit in nichts auflöste.

Er war nicht mehr allein. Diva war bei ihm …

Unter Streunerkatzen

Diva entpuppte sich als eine Abenteurerin, die jeden Tag Abwechslung suchte, obwohl sie abends oder nachts immer wieder gemeinsam mit Minkus in die Baumhöhle auf dem alten Friedhof zurückkehrte.

Während Diva immer wieder neue Futterstellen auftat, war Minkus noch immer auf der Suche nach einer Spur zu Alberto. Julias Spur hatte er längst verloren.

Wenn ihm jemand im Rollstuhl begegnete, machte Minkus' Katerherz einen Sprung. Aber nie war es Alberto. Einmal glaubte er, nachts den Einäugigen zu hören, als er mit Diva die Lissabonner Straßen unsicher machte. Von weit her drang der schwermütige Gesang, den er kannte, an sein Ohr. Aber es war nicht der Einäugige mit seinem Tack-Tack-Stock, sondern ein anderer älterer Straßensänger, der des Nachts seine Lieder sang.

Der Sommer kam, und Minkus hatte dank Divas Hilfe gelernt, sich seinen Lebensunterhalt täglich zu besorgen oder zusammenzuschnurren. Lissabons Mülltonnen boten reichlich Nahrung, und immer wieder gab es gütige Hotelangestellte, die den Streunerkatzen etwas zukommen ließen.

An diesem Abend im Juli stromerten Minkus und Diva wieder durch die Straßen. Die Straßen sangen und klangen wieder, nur war ihr Gesang für Minkus jetzt anders, rauer, denn er hatte gelernt, für sich selbst zu sorgen. Die Menschen, die ihn umsorgt hatten, waren in weite Ferne gerückt.

Sie kamen an einen Platz in der weniger feinen Gegend Lissabons, auf dem eine wüste Katzenversammlung stattfand. Im Kreis saßen, standen, lagen, faulenzten, miauten, kreischten, fauchten oder dösten Katzen. Alle Arten und alle Charaktere waren vertreten, von der dicken alten Katze in der Mitte angefangen, die kaum mehr sehen konnte, bis zu den forschen jungen abgemagerten Katerrabauken, die immer mutig taten, aber im Grunde ihres Herzens ziemlich feige waren und lieber abhauten, als sich einer gestandenen ehrlichen Auseinandersetzung mit ihresgleichen zu stellen.

Diva und Minkus wurden zunächst scheinbar unbeachtet in den Kreis der geschlossenen Gesellschaft aufgenommen. Niemand von ihnen schenkte ihnen wirklich große Aufmerksamkeit. Nur die fette graue Katze in der Mitte witterte Neue und begann zu fauchen. Scheinbar hatte die Seniorin noch immer hier das Sagen, aus welchen Gründen auch immer. Diva und Minkus stellten sich in den äußersten Kreis. Divas Augen blitzten.

Da bemerkte sie, dass ein schwarz-weißer magerer Kater, dem die Haare struppig vom Leibe standen, sie fixierte. Mit gehobenem Schwanz kam er auf sie zu und wollte sie grob mit Gekreische anmachen. Da hatte ihm Diva aber auch schon blitzschnell mit ihrer Pfote eins übergezogen, ehe Minkus eingreifen konnte.

Der Gegner fauchte wütend und wollte Diva ins Genick beißen. Aber sie war zum einen größer und stärker als dieser magere Kater und wohl auch mutiger. Erneut fuhr sie ihre Krallen aus und hinterließ ihre Spuren im struppigen Fell ihres Belästigers. Dabei stieß sie einen so wütenden Schrei aus, dass sogar Minkus erschrocken herumfuhr.

Die anderen Katzen hatten mit sich selbst oder ihren gemeinsamen Problemen zu tun und mischten sich nicht ein, während der Angreifer resigniert und gedemütigt abzog und Diva mit einem verächtlichen Fauchen bedachte.

Jetzt bemerkte Minkus, warum hier auf diesem öden, staubigen, mit Schutt und Unrat bedeckten Platz die Katzenversammlung stattfand. Im Hintergrund gab es eine Wasserleitung mit einem Auffangbecken, aus deren Rohr ständig Tropfen fielen für durstige Seelen.

Eine kleine Katze hockte auf dem Beckenrand und genoss es geradezu, allmählich durch das ständige Tropfen auf ihr Fell klatschnass zu werden. Es musste eine Ewigkeit vergangen sein, bis sie endlich genug hatte. Dann sprang sie schließlich vom Beckenrand, schüttelte sich, dass die Wassertropfen nur so silbrig in die Luft flogen, und legte sich dann auf dem staubigen Platz nieder, wo sie selig eindöste. Diva und Minkus schlichen zur Wasserleitung und tranken ein paar Schlucke aus dem Becken.

Da sie merkten, dass sie nicht zu dieser abenteuerlichen Katzenversammlung gehörten, gingen sie wieder davon. Sie kamen in eine ruhige Straße mit niedrigen, pastellfarbenen Häusern und Vorgärten, fast so eine ähnliche Straße wie die, in der Alberto wohnte. Aber diese Straße hatte für die empfindlichen Katzensensoren von Minkus doch nichts mit Albertos und seiner Straße gemein.

Aus einem offenen Fenster zu ebener Erde duftete es verlockend. Minkus und Diva sahen sich an. Beide spürten sie auf einmal großen Hunger. Im gemeinsamen Einvernehmen sprangen sie über die niedrige Hecke in den Vorgarten und dann durch das offene Fenster. Vorsichtig verharrten sie eine Weile. Keine Menschenseele war zu sehen und zu hören.

Der verlockende Bratengeruch kam aus einem verschlossenen Ding, das die Menschen Kühlschrank nannten und das gewöhnlich für Katzen tabu war. Aber der Kühlschrank war niedrig, sodass eine Katzenpfote gut herankam.

Da die Luft rein war und nur nach Braten roch,

blieb Minkus zwischen Tür und Fenster stehen, bereit Zeichen zu geben, wenn menschliche Gefahr drohte, während Diva hartnäckig versuchte, mit ihren spitzen, geschickten Krallen die Tür des verlockenden Dings zu öffnen.

Und wieder einmal bewies Diva erstaunliche Fähigkeiten. Während Minkus Schmiere stand, gelang es ihr tatsächlich, die Kühlschranktür aufzubekommen. Das hatte sie bestimmt nicht zum ersten Mal gemacht. Ein herrlicher Duft kam ihnen entgegen.

Vorsichtig kam Minkus näher. Nach einigen Versuchen hatte Diva den Teller mit dem Braten auf den Fußboden befördert. Dann machten sich beide über die köstliche Mahlzeit her. Diva war so verfressen, dass sie sogar ihr Äußeres kurzweilig vernachlässigte und mit einem braunen Soßenbart Minkus satt und zufrieden anblitzte.

Als sie keinen Bissen mehr herunterbekamen, schlichen sie träge davon. Divas Sprung nach draußen war nicht mehr ganz so elegant. Das gute Fressen verlangte eher nach einem ruhigen Schlaf.

Sie waren gerade im Blumenbeet des Vorgartens gelandet, als harte Schritte den Weg entlangkamen. Die Schritte gingen zur Tür, die Tür wurde aufgeschlossen, und dann war der Mensch verschwunden.

Höchste Zeit, das Weite zu suchen. Auf einmal fiel Divas Trägheit von ihr ab. Sie witterte Gefahr.

Trotz gefüllten Bauchs rannte sie erstaunlich schnell mit Minkus davon. Denn in ihrer Katzenmoral von alters her wussten sie, dass sie Unrecht getan hatten.

»Filou, Filou, wo bist du?«, rief jetzt eine wütende Frauenstimme. »Was hast du wieder angerichtet?«

Aus dem Nachbargarten kam eine grau-weiße Katze geschlichen mit schwermütigen gelben Katzenaugen. Die Katze sah gar nicht wie ein Filou aus. Wie konnte man ihr also nur einen so raffinierten Trick, wie Diva ihn gezeigt hatte, zutrauen?

»Filou, sieh dir diese Schweinerei an«, wütete die Frau weiter, während der unschuldige Filou sie verständnislos ansah. »Wenn du jetzt anfängst, meinen Kühlschrank auszuräubern, jage ich dich davon«, drohte die Frau.

Diese Strafpredigt, die Minkus und Diva gegolten hätte, hörten die beiden Katzen nicht mehr. Satt und zufrieden konnte nun die Nacht beginnen. Von Abenteuern hatten sie für heute genug.

In der Friedhofs-Baumhöhle schliefen sie Seite an Seite gekuschelt ein. Minkus hatte beinahe vergessen, dass er einmal eine Schmuse-Stubenkatze gewesen war, gehegt und gepflegt von Julia. Aber nur beinahe.

Denn kluge Katzen vergessen nie das Entscheidende in ihrem Leben. Katzengöttin Bastet aus dem alten Ägypten hatte ihnen ihre Weisheit und das ewig Rätselhafte einer Katzenseele mitgegeben.

Sanft begann es zu regnen. Aber ihr Baumhaus schützte sie vor Regen und Wind und allem, was ihre Ruhe stören konnte.

Die Nacht schlich heran, und beide träumten ...

Julias Traum

Auch Julia träumte. Sie saß zu Hause und schrieb ihre Artikel für die Zeitung. Neben ihr auf dem geräumigen Schreibtisch lag Minkus lang ausgestreckt, ihr schnurrender Charmeur und Poet. Er liebte es, Julias flinken Fingern zuzusehen, wenn sie über die Tasten tanzten und Buchstaben aneinanderreihten. Er liebte das leise Surren des Computers, das beinahe wie ein Schnurren war. Fast wie das eines Katers, der sich in der Nähe seines Menschen wohlfühlt.

Julia träumte, dass Minkus seine schwarze Pfote nach ihr ausstreckte, sie sanft berührte und sie mit seinen bernsteinfarbenen Augen ansah.

»Willst du mir beim Schreiben helfen?«, fragte Julia im Traum, und Minkus sendete seine Katzensignale zu ihr hin.

Dann änderte sich die Szene. Julia kam abgekämpft von der Hektik des Tages nach Hause, und Minkus stand hinter der Tür, um sie schnurrend zu begrüßen. Und wie immer beim Begegnen mit dem schnurrenden Minkus fiel der Alltag von Julia ab. Sie nahm das schnurrende weiche Bündel auf den

Arm, ging mit ihm ins Wohnzimmer, setzte sich ans Fenster, und Minkus machte es sich auf ihrem Schoß bequem. Ihre Seelen waren im Einklang. Ruhe und Frieden.

Der Himmel begann sich zu verdunkeln. Julia blickte in das immer dunkler werdende Grau, aus dem die Mondsichel wie aus einem Hinterglasbild hervorkam. Sie fühlte weiches, warmes Katzenfell. Innerlich schnurrte Julia mit.

Später kam Gabriel, nahm Minkus auf den Arm und trug ihn im Zimmer umher, was Minkus sich nur von Gabriel mit der tiefen Schnurrstimme gefallen ließ. Auch Gabriel sang leise und tief.

Julia lief in die Küche, um Abendbrot zu machen und eine Flasche Wein aus dem Kühlschrank zu holen. Sie wollte gerade mit Gabriel anstoßen, da erwachte sie. Der Mond schien in ihr Fenster. Dieses Mal gab es einen wunderbaren Sternenhimmel.

Schnurrte da jemand?

»Minkus«, rief Julia halb im Schlaf. Ihre Hand tastete die Bettdecke ab.

Kein Minkus. Julia wurde ganz wach.

Im Traum war er ihr so nahe gewesen, dass immer noch ein Klingen in ihrer Seele war. Dann richtete Julia sich auf und blickte in den Sternenhimmel, der so weit wie Minkus von ihr entfernt war.

Tränen flossen über ihr Gesicht. Sie weinte noch immer über den Verlust ihres geliebten Katers, der ihr Leben für kurze Zeit so reich gemacht hatte.

Julia stand auf, um sich einen Kaffee zu machen. An Schlaf war nicht mehr zu denken. Sie setzte sich mit der Tasse Kaffee ans Fenster und schaute in die Nacht. Julia war zutiefst aufgewühlt.

Minkus war ihr im Traum so nahe gewesen, beinahe näher als in Wirklichkeit, weil die Seele im Traum die Bilder noch intensiver sieht.

Sollte sie sich doch eine andere Katze anschaffen?, überlegte Julia. Aber es wäre eben dann nur »eine andere Katze«.

Später duschte Julia und fuhr in die Redaktion. Auf dem Weg dorthin war eine Umleitung angezeigt, und sie fuhr durch eine stille Seitenstraße mit Villen und blühenden Vorgärten. Auf einer niedrigen mit Efeu umrankten Steinmauer saß eine zierliche tiefschwarze Katze und blickte Julia, die das Seitenfenster offen hatte, aus grünen Augen an. Es war beinahe so, als würde die kleine Katze Julia anlächeln.

Julia lächelte zurück. Dann bog sie in die Hauptstraße ein.

Ein Katzenlächeln lang war Julia noch einmal im Traumland gewesen an diesem frühen Sommermorgen.

Dann hatte der Alltag sie wieder …

Im Privatjet an die Elbe

Der nächste Tag war wieder strahlend schön. Lissabons Himmel zeigte seine duftigen Pastellfarben, die Luft prickelte, und die Julisonne begann, ihr ganzes Licht zu entfalten.

Als Minkus erwachte, sah er dem beginnenden Tag neugierig entgegen. Der Tag schien ihn aufzufordern, zu neuen Unternehmungen aufzubrechen. Minkus und Diva brachen an diesem Morgen auf und landeten wieder einmal vor dem vornehmen Hotel »Diplomatico«. In Erwartung einer guten Mahlzeit bauten sie sich vor dem Haupteingang auf, der schöne schwarze Kater Minkus, die anmutige Katzenlady Diva. Sie waren zwei besondere Erscheinungen, denen das freie Straßenleben äußerlich noch nichts anhaben konnte.

Der malerisch gekleidete Portier schlenderte auf die beiden Schönen zu. »Guten Morgen, ihr Schönen«, begrüßte er sie fröhlich. »Heute bekommt ihr etwas Besonderes, Hühnerleber mit Reis. Gefällt euch das?«

Wieder stieß er einen leisen Pfiff aus, das Signal für das Küchenmädchen. Kurze Zeit später duftete es verlockend, und eine große Schüssel des feinen Essens stand vor ihnen.

Minkus, geborener Kavalier, ließ Diva den Vortritt. Diva war beim Fressen durchaus keine Diva. Sie stürzte sich jedes Mal wie ein wildes Straßenmädchen auf die Mahlzeit und begann schnell alles herunterzuschlingen, ohne rechts und links zu blicken oder eine Pause zu machen. Minkus hatte gelernt, sich zu beherrschen. Er wartete artig, nahm hin und wieder einen Bissen und trug ihn weg von Diva, um sie nicht zu stören. Langsam und manierlich begann er dann zu fressen, während der Portier ihnen lächelnd zusah.

Minkus war so vertieft in das köstliche Essen, dass er erschrocken aufblickte, als plötzlich ein großer, aus feinstem Leder gefertigter grauer Männerschuh neben seinem Kopf war. Der Schuh musste mindestens Größe achtundvierzig haben. Minkus hob den Kopf und blickte an dem Schuh empor, der so gut nach feinem Leder roch.

Plötzlich packte ihn eine kräftige Hand und hob ihn hoch.

Minkus wehrte sich mit aller Kraft gegen diesen Überfall, während Diva, die gerade ihre Mahlzeit beendet hatte, sicherheitshalber erst einmal hinter den Beinen des Portiers in Deckung ging. Diva hatte ein Hasenherz. Mut war nicht ihre Stärke.

Der große Mann, dem der große Schuh gehörte, lachte Minkus mitten in das wütende Katergesicht.

Minkus strampelte und zappelte, um sich zu befreien. Aber der Mann ließ nicht locker. Dann wandte er sich an den Portier. »Gehört dieses Prachtexemplar einer Katze zum Hotel?«, wollte er wissen.

»Nein. Er ist nur Gast«, erwiderte der Portier. »Diese beiden Streunerkatzen«, er zeigte hinter sich auf Diva, »geben mir manchmal vor dem Hotel die Ehre, und ich bewirte sie dann.«

Der große Mann mit der tiefen Stimme, den kurzen, angegrauten Haaren und der feinen Garderobe hielt Minkus immer noch fest.

Minkus, dem es zu bunt wurde, wollte dem Mann blitzschnell eine Warnung mit seinen Zähnen geben, aber der Angegraute hatte ihn durchschaut und hielt ihm einfach mit seiner großen Hand das Mäulchen zu. Das war die Höhe.

»Die Katze gehört also niemand?«, fragte der vornehme Mann.

»Nein. Es gibt viele streunende Katzen hier«, erwiderte der Portier.

Der Mann sah Minkus eingehend an. »Er ist ein selten schönes Exemplar«, sagte er dann. »Vielleicht ein bisschen wild in seiner Seele. Aber wenn er niemandem gehört, werde ich ihn mitnehmen. Sie müssen wissen, ich bin ein großer Katzenliebhaber. Das ist meine Leidenschaft. Zu Hause, in Hamburg, habe ich einen großen parkähnlichen Garten und ein großes Katzenhaus, in denen sich Katzen tummeln können. Alle habe ich irgendwo aufgelesen, um ihnen ein Zuhause zu geben, in dem sie es gut haben sollen. Diesen Schönen hier, der ja keinem gehört, nehme ich mit.«

Der Portier nickte.

Währenddessen kam Diva todesmutig aus ihrem Versteck hervor, blickte zu Minkus auf und begann herzerweichend zu maunzen. Sie ahnte, dass Minkus irgendetwas bevorstand.

»Na, soll ich dich auch mitnehmen?«, fragte der große Mann Diva. Im linken Arm hielt er Minkus fest, mit der rechten Hand wollte er nach Diva greifen. Aber so weit ging Divas Liebe zu Minkus nicht, dass sie sich von diesem Fremden vereinnahmen ließ. Sie warf Minkus noch einen tiefen, um Verzeihung bittenden Abschiedsblick zu, dann sprang sie in langen Sätzen davon.

Das Letzte, was Minkus von Diva sah, war ihr gestromter Schwanz, der hoch aufgerichtet war, um zu zeigen, dass sie nun ihre eigenen Wege gehen würde.

»Diese Katze ist wohl eine echte heimatverbundene Lissabonnerin. Sie wollte nicht mit Ihnen in ein fremdes Land gehen, Herr Dr. Weier«, sagte der Portier und lachte.

»Ich bin wohl nicht ihr Typ gewesen«, ging Dr. Weier aus Hamburg auf die Worte des Portiers ein. »Aber diesem Schönen hier werde ich ein katergerechtes Zuhause geben, in dem er sich wohlfühlen kann. Es wäre schade, wenn er als Straßenkater

mit den unausbleiblichen Merkmalen eines Streu-
nerlebens verwahrlosen würde«, fuhr Dr. Weier
fort.

Durch die Drehtür kamen der Gepäckträger und
der Page. Der Portier pfiff ein Taxi herbei. Das Ge-
päck wurde im Kofferraum verstaut.

Dr. Weier schüttelte dem Portier wie einem
Freund die Hand. »Auf Wiedersehen, Jorge«, sagte
er. »Bis zum nächsten Mal.«

Der Portier verbeugte sich, öffnete die Tür des
Wagens, und Dr. Weier mit Minkus im Arm stieg
ein.

»Mit dem Zoll werden Sie ja wegen des Katers
keine Schwierigkeiten haben«, sagte der Portier. »Sie
fliegen doch sicher wieder in Ihrem Privatjet?«

»Ja. Der Pilot ist schon startbereit«, erwiderte
Herr Dr. Weier.

Dann setzte sich das altersschwache Taxi in Bewegung. Es roch penetrant nach kaltem Zigaretten-
rauch, altem Polster und Staub.

Verängstigt kauerte Minkus in den Armen Dr.
Weiers. An Entkommen war nicht zu denken. Wie
in einer Zwangsjacke war Minkus gefangen. Am
liebsten hätte er jetzt eines seiner Klagelieder angestimmt. Aber das ließ schließlich seine Katerehre
nicht zu. Am Flugplatz wartete der Privatjet von
Dr. Weier.

Der junge Pilot lächelte seinen Chef an. »Wieder
eine Katze an Bord?«, fragte er freundlich und

musterte Minkus. Dann verbeugte er sich vor Minkus. »Willkommen an Bord, Katze«, sagte er scherzhaft.

Beide Männer lachten. Der Pilot kannte die Katzenleidenschaft seines Chefs zur Genüge und war nicht im Geringsten erstaunt darüber, dass wieder eine Streunerkatze das Herz seines Chefs erobert hatte.

Im Jet holte Dr. Weier seine Ledertasche hervor, nahm ein Fläschchen und einen Löffel, träufelte aus dem Fläschchen einige Tropfen auf den Löffel, riss Minkus geübt das Maul auf und kippte den Löffel mit der scheußlichen Flüssigkeit in Minkus' Rachen. Minkus schluckte überrascht und empört. Aber da war die Flüssigkeit schon herunter.

»So, mein Schöner, du wirst jetzt eine Weile sanft schlafen und den Flug träumend erleben«, redete Dr. Weier beruhigend auf Minkus ein und streichelte ihn sanft. Dann legte er Minkus neben sich auf den Sitz auf eine weiche Wolldecke. Minkus riss noch einmal seine Augen auf, als der Motor ohrenbetäubend erdröhnte. So musste die Katzenhölle sein.

Als sie in der Luft waren, wurde Minkus schläfrig. Er blickte noch einmal in den strahlend blauen Lissabonner Himmel. Dann fielen ihm auch schon die Augen zu.

Während der Jet Richtung Deutschland flog, träumte Minkus einen langen, wirren Katzentraum.

Er wachte auch nicht auf, als der Jet in Hamburg landete und eine Limousine ihn und Dr. Weier in das Villenviertel in die Herrschaftsvilla fuhr, weit weg von Alberto, Diva und dem einäugigen Sänger mit seinen schwermütigen Liedern …

In der Nobelherberge

Minkus erwachte, reckte und streckte sich, fuhr die Pfoten lang aus und krallte mit der rechten Pfote schlaftrunken in etwas Wolligweiches. Noch hatte er seine Augen geschlossen. Schließlich blinzelte er verschlafen in das Spätnachmittagslicht. Wo befand er sich? Wo war seine Katzengefährtin Diva? Was war mit ihm geschehen?

Er befand sich in einem weichen ovalen geräumigen Katzenbett, das in einer geräumigen Katzenvilla stand. Minkus hatte praktisch sein eigenes Haus. Etwas entfernt von dem Haus stand in einer Nische ein frisches Katzenklo.

Auf der anderen Seite des Hauses befand sich ein Porzellannapf mit Wasser.

Minkus schlich neugierig aus dem Katzenhaus, um sich umzusehen. In großen Abständen befanden sich in einem lang gestreckten Gebäude mit Steinfußboden weitere Katzenhäuser, alle verschiedenartig angestrichen und mit den Namen ihrer Besitzer an der Vorderfront versehen. Hätte Minkus zählen können, hätte er fünfzehn Katzenhäuser gezählt.

Die große Tür des hallenartigen Katzengebäudes öffnete sich, und Dr. Weier kam herein. Er trug jetzt Jeans und ein kurzärmeliges Hemd. Minkus, der sicherheitshalber wieder in seinem Katzenhaus verschwunden war, beobachtete Dr. Weier, wie er auf ihn zukam.

Dr. Weier beugte sich nieder und blickte Minkus, der in der hintersten Ecke hockte, liebevoll an. »Willkommen bei mir daheim, mein schwarzer Portugiese«, sagte er und streichelte Minkus vorsichtig.

Minkus schnupperte an der Hand. Seine Nase tastete diese Hand vorsichtig ab. Dann merkte er, dass man der Hand trauen konnte.

Dr. Winfried Weier holte ein Stück Kreide aus seiner Hosentasche und schrieb den Namen »Portugiese« an Minkus' Katzenhaus. »Ich werde dich ›Portugiese‹ nennen«, sagte Dr. Weier und streichelte Minkus weiter.

Eine Frau in mittleren Jahren kam herein.

»Amalia, servierst du unserem neuen Familienmitglied sein Menü?«, fragte Dr. Weier die Frau.

Amalia, die Haushälterin, die für die Katzenbande zuständig war, blickte zu Dr. Weier hin. Kurze Zeit später kam sie mit frisch gebratener Leber zurück.

Während Minkus fraß, schaute Dr. Weier interessiert zu.

Jetzt nahm Minkus die anderen Katzen, seine Mitbewohner, wahr, die hin und her schlichen, ihn neugierig beäugten oder durch die Katzenklappen nach draußen sprangen.

»Du befindest dich in meinem Haus in Hamburg, Blütenweg«, sagte Dr. Weier zu Minkus.

Minkus, der seine Mahlzeit beendet hatte, blickte zu dem großen Mann auf. Und dann nahm Dr. Weier ihn einfach auf den Schoß, setzte sich auf eine niedrige Bank und redete mit Minkus. Minkus ließ sich diese Zuwendung erst einmal freiwillig gefallen. Er war jetzt satt, und mit sattem Bauch konnte man schon etwas toleranter werden.

»Manche halten mich euretwegen für einen seltsamen Typen«, sagte Dr. Weier. »Aber das macht mir nichts aus, ist mir völlig egal. Die Katzenignoranten wissen nichts von eurer königlichen Würde, eurer Liebesfähigkeit, eurer schnurrenden Zärtlichkeit. So, jetzt zeige ich dir erst einmal das Außengelände, deine Freiheit unter dem Himmel.«

Sie kamen in ein weiträumiges Gelände mit hohen Gräsern und bunten Streublumen, alten schönen Bäumen und dichten blühenden Hecken, unter denen sich Katzen so gut verstecken konnten. Die Katzenfreiheit unter dem Himmel war jedoch eingezäunt, aus Sicherheitsgründen. Aber das Gelände war so groß, dass die Katzen sich austoben konnten.

Dr. Weier setzte Minkus da ab, wo auch andere Katzen den warmen Spätnachmittag und Abend im Freien verbrachten.

»Du musst allein wieder in dein Haus zurückfinden«, sagte Dr. Weier zu Minkus. »Du hast ja sicher schon deine individuelle Note hinterlassen. Also dann, schönen Abend noch und gute Nacht.«

Während Dr. Weier von Katze zu Katze ging, machte Amalia Katzenklos sauber, wusch Näpfe, beseitigte Essensreste und sorgte vorbildlich für die Katzen, die Dr. Weier von überallher aufgelesen hatte, um ihnen ein Zuhause zu bieten.

Einige Katzen liefen Dr. Weier entgegen, um sich ihre Streicheleinheiten zu holen, andere ließen sich hoheitsvoll von ihm begrüßen und kamen ihm keinen Schritt entgegen, wieder andere maunzten ein wenig, um ihm zu zeigen, dass sie ihn wahrgenommen hatten. Nach der Streichelparade ging Dr. Weier in seine Villa, die von dem Katzengehege getrennt in einem parkähnlichen, hügeligen Gelände dicht am Wasser lag.

Minkus, der Neue, markierte den welterfahrenen Kater. Schließlich hatte er schon portugiesische Luft geatmet, die einen Hauch von Afrika in sich trug.

Etwa acht Katzen saßen im hohen Gras und ließen die Zeit vergehen. Minkus setzte sich neben ein kalkweißes, dürres Katzenkind, das wie ein Kellerkind aussah und ihn schüchtern mit den Augen streifte. Es konnte noch nicht lange bei Dr. Weier sein, erbarmungswürdig, wie es aussah. An der anderen Seite, mit etwas Abstand, saß ein dicker rothaariger Haudegen mit grünen Augen, der Minkus argwöhnisch musterte.

Alles in allem aber fing keiner der Versammelten mit ihm Streit an, abgesehen von dem Geplänkel des rothaarigen Haudegens, der Minkus ein dumpfes feindliches Fauchen signalisiert hatte. Er konnte Minkus damit jedoch nicht einschüchtern. Das war nichts weiter als aufgeblasenes Getue eines alternden Katzenplayboys.

Nachdem Minkus und der Rothaarige sich noch einige Male fixiert hatten, war der verbale Austausch beendet.

Sachte kam die Nacht, die dunkler war als in Lissabon.

Allmählich zerstreute sich die schweigsame Versammlung. Einzeln schlichen die Katzen durch die Klappen in ihre Häuser, andere zerstreuten sich im weiten Gelände.

Auf einmal merkte Minkus, dass er nur noch allein mit der Nacht war. Die Nacht fächerte ihm den Geruch von Meereswasser zu. Das Wasser roch jedoch anders als der Tejo in Portugal.

Ein kühler frischer Wind wehte, die alten Laubbäume begannen zu flüstern, so als erzählten sie sich Erinnerungen.

Minkus schnupperte in die Nacht, fuhr alle seine Sensoren aus. Die fremden Geräusche von Ferne, die unbekannten Gerüche, das Rauschen des Wassers, das bis hierher drang, beunruhigten ihn.

Als der Mond hinter einer dunkleren Wolke verschwand, schlich Minkus, nach allen Seiten sichernd, zu seinem Katzenhaus. Er hatte keine Orientierungsschwierigkeiten, er folgte seinem eigenen Geruch.

Minkus rollte sich in dem weichen Katzenbett ein. Manchmal hörte er ein leises Maunzen, Seufzen oder Schnarchen. Die Katzen träumten.

Und bevor Minkus zu träumen begann, flog ihn die Erinnerung an seine ersten Tage im Katzendorf im Tierheim an. Er war wieder zwischen Katzen gelandet. Nur hier war alles komfortabler, ein richtiges Katzenparadies.

Als die Eule, die in der alten hohen Buche hauste, die Nacht herbeirief, schlief Minkus schließlich ein, erschöpft von dem Neuen, das ihm widerfahren war. Und auch er begann zu träumen …

Ein Konzernchef weint

Der zweite Herbst, den Minkus erlebte, kam mit Sturmböen und Regenschauern, mit Donnern und Tosen von der See her. Die alten Bäume im Katzengehege bogen sich und verloren beinahe über Nacht ihre bunten Blätter. Schwarzarmig reckten sie ihre Äste in den auch am Tage meistens düsteren, wolkenverhangenen Himmel.

Minkus verbrachte die Tage meistens in seinem Katzenhaus, wo er geschützt vor den Naturgewalten war. Er wurde bestens versorgt, gehegt und gepflegt. Amalia war eigens für die Katzen von Dr. Weier angestellt worden.

Jeden Abend, auch wenn es noch so spät war, kam der mächtige Chef eines weltweiten Konzerns, Dr. Weier, zu seinen Katzen, ausgenommen die Tage, wenn er auf Geschäftsreisen war. Böse Zungen behaupteten, er liebe seine Katzen mehr als seine Frau Britta, eine hochgewachsene, blondierte, waschechte Hanseatin, Tochter eines reichen Reeders.

Da die Ehe kinderlos geblieben war, widmete sich Dr. Weier ausschließlich seinen Katzen, während seine junge Frau es vorzog, sich mit einem noch jüngeren Animateur, den sie in Gran Canaria kennengelernt hatte, zu amüsieren.

Dank ihres großzügigen Schecks gab der junge Liebhaber seinen Job auf und widmete sich ausschließlich seiner Gönnerin. Ihren Mann Winfried schien das nicht zu stören. Sie hatten eine Abmachung. Britta verabscheute die Katzen. Sie hatten striktes Hausverbot.

Winfried verabscheute den Liebhaber, er hatte ebenfalls Hausverbot. So kamen die Eheleute gut nebeneinander aus.

Dr. Winfried Weier, achtundvierzig Jahre alt, wusste, dass manche Geschäftspartner seine Katzenmarotte, wie sie es nannten, nicht begreifen konnten. Wie konnte ein intelligenter erfolgreicher Geschäftsmann, dessen Jahresbilanzen sich sehen lassen konnten, sich mit so etwas wie hergelaufenen und aufgelesenen Katzen abgeben? Hatte er nichts Besseres zu tun, zum Beispiel Golf spielen oder in die Politik gehen?

Die einzige Konzession, die dieser etwas verschrobene Doktor der Wirtschaftswissenschaften machte, war es, einmal im Jahr seine weltweiten Geschäftsfreunde und -partner und andere wichtige Persönlichkeiten auf seinen Katamaran, der im Elbhafen ankerte, einzuladen, um mit ihnen einen Segeltörn zu machen.

Während seine zehn Jahre jüngere Frau Britta

auf Partys ging, verbrachte Dr. Weier einen Groß-
teil seiner Zeit bei den Katzen. Er konnte stunden-
lang dasitzen, sie beobachten, sie streicheln, mit ihnen schmusen. Bei ihnen konnte er ausruhen und
seinen inneren Frieden finden. Er kannte und liebte jede einzelne der Katzen.

An diesem stürmischen Oktoberabend saß Dr.
Weier neben dem Katzenhaus von Mimi. Mimi, die
älteste der Katzen in der Nobelherberge, kränkelte.

Der Tierarzt war dagewesen und hatte Dr. Weier
zu verstehen gegeben, dass Mimi in den nächsten
Stunden sterben würde. Als Dr. Weier vor acht Jahren das Katzengehege eröffnet hatte, war Mimi seine erste Katze gewesen, die er mitgebracht hatte.
Jetzt war sie etwa sechzehn Jahre alt.

Er hatte Mimi an einer Autobahnraststätte aufgelesen, verwahrlost und halb blind und schwerhörig.

Und in letzter Zeit hatten ihre Kräfte trotz aller
guten Pflege und Fürsorge nachgelassen. Es war, als
ob Mimi den fernen Ruf hörte, sie spürte, dass es
mit ihr zu Ende ging.

Während der Wind draußen stürmte, saß Herr
Dr. Winfried Weier im Katzengehege und hatte
Mimi auf dem Schoß. Ihr Atem ging flach, manchmal zuckte sie unruhig und hob ihre Augenlider.
Dann sah sie Dr. Weier unverwandt an, während er
sie zärtlich streichelte. Es war ein langer Abschied,
den Mimi von dem Menschen nahm, der es nur gut
mit ihr gemeint hatte.

Die anderen Katzen mit ihren feinen Sensoren schienen den endgültigen Abschied Mimis zu spüren. Sie verhielten sich still, rauften und balgten nicht. Es war, als hielten auch sie inne und warteten auf den letzten Atemzug eines geliebten Wesens.

Mimis Atem wurde schwächer. Sie seufzte noch einige Male, kaum hörbar, dann streckte sie sich lang aus in den Händen von Dr. Weier, der sie bis zum Schluss hielt.

Ein letztes fernes, leises Schnurren. Mimi, die grau getigerte alte Dame, war in der Ewigkeit.

Dr. Weier trug sie behutsam in eine mit Kissen ausgestattete Kiste, die er vorbereitet hatte. Sanft legte er Mimi auf das weiche Tuch, das mit den letzten Herbstastern aus dem Garten geschmückt war. Dann deckte er Mimi zu.

»Leb wohl, Mimi«, sagte Dr. Weier.

»Hab Dank für die Zeit, die du hier bei uns verbracht hast.«

Sie würde auf dem nahen Katzenfriedhof begraben werden.

Dann wandte Dr. Weier sich ab, ging hinaus in die Dunkelheit.

Von der Villa aus rief seine Frau Britta nach ihm. Sie lief ihm entgegen, als er sich der hell erleuchteten Villa näherte.

»Wo bleibst du denn, weißt du nicht, dass wir Gäste haben?«, fragte sie unwirsch und musterte ihn scharf.

»Mimi ist soeben gestorben«, sagte Dr. Weier tonlos.

»Welche Mimi?«, fragte Britta. »Meinst du eine deiner Katzen? Und deshalb hast du geweint? Was würde wohl Senator Möller dazu sagen, wenn er wüsste, dass du um eine tote Katze weinst«, meinte sie etwas spöttisch. »Er erwartet dich übrigens im Blauen Salon.«

Stumm ging Winfried Weier in den Salon, wo eine Reihe von Gästen in Abendroben, Gläser in den Händen, versammelt war. Es war Brittas Geburtstag. Während Winfried Weier auf Senator Möller zuging, dachte er daran, wie seine tiefe Katzenliebe entstanden war.

Es war damals im Internat gewesen. Er hatte als Achtjähriger eine Katze ins Bett geschmuggelt, die er aufgelesen hatte. Winfried war dafür bestraft worden. Man hatte ihm die Katze weggenommen, die ihm eine Nacht lang Wärme und Zärtlichkeit gegeben hatte.

Jahrelang hatte er dieser Katze nachgetrauert. Aber weder im Internat noch bei ihm zu Hause duldete man eine Katze. Sein Vater, der den Konzern gegründet hatte, hatte keine Beziehung zu Tieren gehabt, und seine Mutter hatte geradezu eine Katzenphobie.

Jetzt streckte Dr. Winfried Weier, der Konzernchef, der eben noch um Mimi geweint hatte, dem Senator seine Hand aus.

Sie tauschten ein paar Worte aus. Danach begrüßte Dr. Weier die anderen Gäste.

Die Band begann zu spielen, einen dunklen Blues, und Herr Dr. Weier versuchte mit einem höflichen Lächeln seine Traurigkeit zu verbergen …

Verbellt und aufgefangen

Minkus lebte nun schon über vier Monate bei Dr. Winfried Weier. Er hatte sich an das neue Leben in Gemeinschaft anderer Katzen gewöhnt. Aber im Grunde seines Charakters war er nicht für eine dauerhafte Katzengemeinschaft geschaffen. Er brauchte einen Menschen ganz für sich allein, einen Schoß, in den er sich kuscheln konnte. Obwohl es ihm an nichts fehlte, im Gegenteil, er wurde nach Strich und Faden verwöhnt, war diese Unruhe in ihm.

Manchmal, wenn die Nacht kam, blickte er schwermütig in den Mond, der in ihm eine ferne Sehnsucht weckte.

Die Jagdzeit begann, und eines Tages bekam Dr. Weier Besuch von einem alten Freund, Dieter Degenhardt aus Schleswig-Holstein, der gemeinsam mit seinem adligen Jagdhund Bodo von Allenstein gestiefelt und gespornt als Waidmann in der Villa auftauchte.

Winfried Weier sagte seine Geschäftstermine ab, um sich einige Stunden seinem Freund zu widmen. Dr. Weier verabscheute die Jagd und nahm nie an einem Jagdtreffen teil, so oft ihn Dieter auch dazu aufgefordert hatte.

Noch einmal zog ein schöner Herbsttag auf mit wolkenlosem, hohem blauen Himmel und einem frischen Wind.

Und gleich zu Beginn, bevor Winfried seinen Freund im Haus begrüßen konnte, passierte das Malheur. Der Gärtner, der das Laub im Katzengehege zusammengekehrt hatte, ließ die Tür zum Gehege einen Spalt offen.

Der adlige Bodo witterte sofort Katzengeruch. Obwohl er sonst ein gehorsamer und williger Jagdhund war, drehte er bei Katzen durch. Genau gesagt, Bodo war ein ausgesprochener Katzenhasser. Er konnte diese arroganten, schleichenden Krallentiere im wahrsten Sinne des Wortes nicht riechen.

Minkus, der gerade seinen Nachmittagsschlaf unter der Holunderhecke hielt, wurde plötzlich aufgeschreckt. Wie von der Tarantel gestochen, raste Bodo auf das Gehege los, ungeachtet der Rufe, Pfiffe und Befehle seines Waidmannsherrn, preschte rasend vor Wut durch die halb offene Gehegetür und raste wie ein Blitz auf den schwarzen Minkus zu, während die anderen Katzen sich durch wilde Sprünge ins Katzenhaus in Sicherheit brachten.

Minkus, der gedöst hatte, erkannte die Gefahr Sekunden zu spät. Das hechelnde bedrohliche Ungeheuer auf vier langen braunen Beinen mit der spitzen Schnauze und den jagdfieberglänzenden Augen spurtete wie ein Weltmeister auf ihn zu.

Minkus machte einen verzweifelten Sprung in die Luft, Bodo sprang hinterher, erfasste ihn mit seiner rechten starken Vorderpfote, bleckte die Zähne und wollte zubeißen. Minkus fauchte wütend, während er wieder auf seinen vier Pfoten stand, und hieb ihm blitzschnell die Krallenpfote aufs Maul.

Bodo heulte wutentbrannt auf. Seine Wut war jetzt erst recht entfacht. Minkus nutzte die Sekunde der Verblüffung und jagte in wilden Sprüngen durch die Gehegetür, blindlings fort von dem Verfolger, der nur eine Handbreit von ihm entfernt hinterherjagte.

Ein wildes Rufen erklang von der Villa her. Inzwischen war auch der entsetzte Dr. Weier auf der Bildfläche erschienen.

»Portugiese, Portugiese«, rief er und versuchte, mit seinen langen schnellen Beinen Minkus und Bodo einzuholen. Vergeblich. Hinter ihm hastete Dieter, der Waidmann, sprach- und atemlos her. Es war vergebliche Mühe.

»Bodo, bei Fuß«, keuchte Dieter. Er hechelte beinahe so wie sein Hund, der in diesem Moment seine gute Kinderstube und Erziehung schmählich missachtete.

Minkus hatte nur einen Gedanken, fort von dieser Schreckensgestalt hinter ihm. Blindlings rannte er durch den Park, der die Villa umgab, übersprang dann die hohe Steinmauer, Bodo immer dicht auf den Fersen, und hastete dann eine lange baumbestandene Allee entlang, die zum Wasser führte.

Im Nacken spürte er das bedrohlich nahe Hecheln Bodos.

Dann kam die Rettung in Gestalt eines für Katzen relativ gut erreichbaren Eichenbaums. Minkus spurtete den Stamm empor und landete dann mit wildem Herzklopfen in der kahlen Astgabel.

Bodo versuchte, mit großen Sätzen an dem Stamm emporzuspringen. Aber er glitt immer wieder herunter und schaffte es nicht bis zum sicheren Hochsitz im Geäst, von wo Minkus herunterblickte »Siehst du, einem Artisten wie mir kannst du nichts anhaben!«

Schließlich sah Bodo sein vergebliches Unterfangen ein, zog den Schwanz ein und trottete als Verlierer und schuldbewusst in Richtung Park und Villa zurück, wo ihn sein wütendes Herrchen schon erwartete.

Bodo kroch zu ihm und flehte mit unterwürfigem Hundeblick um Verzeihung.

»Du bekommst deine gerechte Strafe«, drohte Dieter. Er band Bodo an einem Baum an. Bodo hasste diese Art von Freiheitsberaubung. Aber er fügte sich leise winselnd.

»Dein Bodo hat meinen schönen schwarzen Kater verprellt«, jammerte Dr. Weier. »Ich habe ihn aus Portugal mitgebracht. Jetzt werde ich ihn sicher nicht wiedersehen. Er muss doch glauben, dass es auf meinem Grundstück solche schrecklichen Bestien wie deinen Bodo gibt.«

»Tut mir leid, Winfried«, sagte Dieter und legte seinem Freund die Hand auf die Schulter. »Ich weiß nicht, was in Bodo gefahren ist. Sonst gehorcht er aufs Wort. Diesmal ist er wirklich durchgedreht.«

»Es ist nun nichts mehr zu ändern«, erwiderte Dr. Weier. »Lass uns auf diesen Schrecken hin erst einmal einen Schnaps trinken.«

Sie gingen in die Villa und zur Hausbar.

Während Winfried die Gläser einschenkte, sagte Dieter zu ihm: »Es wäre besser gewesen, du hättest Kinder gehabt, dann würde dir das Verschwinden einer Katze nicht so wehtun.«

Aber Winfried schüttelte mit dem Kopf. Britta konnte keine Kinder bekommen und wollte auch keine.

»Meine Katzenliebe ist mir quasi in die Wiege gelegt worden«, sagte er lächelnd. »Das hat nichts mit Kindern zu tun.«

Plötzlich lachte Dieter auf. »Manchmal denke ich, du wirst eines Tages dein Vermögen den Katzen vermachen«, scherzte er.

Aber Winfried lachte nicht. »Wäre gut möglich«, murmelte er. »Verdient hätten sie es.«

Während die beiden Herren das Erlebnis mit Whisky zu verkraften suchten, erholte sich Minkus allmählich in der Astgabel von dem Schrecken. Die

Krähen waren schreiend auseinandergestoben, als Minkus so unverhofft in luftiger Höhe gelandet war. Jetzt waren Ruhe und Frieden eingekehrt.

Minkus blickte von oben herab. Bleiern floss der Fluss dahin. Da Minkus das weise Katzenwarten gelernt hatte, blieb er bis zum Spätnachmittag in der schützenden Astgabel sitzen. Dann wagte er den vorsichtigen Rückzug.

Er schaute sich um, probte den Absprung, zog es dann aber vor, Schritt für Schritt behutsam den hohen Stamm hinunterzugleiten. Es war einfacher gewesen, hochzukommen, als wieder hinabzugelangen.

Als er zum letzten kühnen Absprung auf den Boden ansetzte, schließlich sprang, hörte er plötzlich einen Aufschrei, und er landete auf dem breit ausladenden schwarzen Krempenhut einer großen Dame im Trenchcoat.

Minkus krallte sich an dem Hut fest, sprang dann und hielt ihn weiter fest.

»Ist das denn die Möglichkeit?«, sagte eine helle geschulte Bühnenstimme. »Von welchem sonderbaren Himmel bist du denn gefallen?« Dann lachte die Dame mittleren Alters laut auf.

Die Dame wollte nach ihrem Hut greifen, aber Minkus hielt ihn immer noch fest wie eine kostbare Beute. Der Hut roch gut. Minkus ließ nicht locker und blickte die Frau mit den dunklen langen Haaren an.

»Na, komm schon, Katze, gib mir meinen Hut wieder«, lockte die weiche schöne Stimme. Dann fuhr die schmale Hand aus, hob Minkus behutsam hoch und drückte ihn an sich.

Minkus wehrte sich nicht. Im Gegenteil. Das tat ihm gut. Es war wie Balsam auf seine waidwunde gejagte Seele. Er hielt ganz still und sah die schöne Frau mit den intensiven goldenen Augen an. Sie sprach beruhigend auf ihn ein und streichelte ihn.

Dann hob sie ihren etwas ramponierten Hut auf, setzte ihn sich auf den Kopf und überlegte eine Weile.

»Weißt du was?«, sagte sie zu Minkus. »Wenn du mir schon auf den Hut gefallen bist, nehme ich an, dass du ein Geschenk des Himmels bist. Ich nehme dich einfach mit zu mir. Du wirst es bei mir gut haben. Sollte ich eine Anzeige von einer verloren gegangenen Katze lesen, die auf dich zutrifft, bringe ich dich selbstverständlich zu deinem Besitzer zurück.«

Sie ging mit langen Schritten, Minkus im Arm, auf ihren Wagen zu, den sie am Elbufer geparkt hatte.

»Ich habe meinen Abendspaziergang gemacht«, sagte sie zu Minkus. »Ich heiße Jana und bin Schauspielerin. Und ich nenne dich Blacky.«

Jana setzte Minkus neben sich auf den Beifahrersitz und fuhr dann in Richtung Innenstadt, wo sie eine kleine behagliche Wohnung hatte.

In der Wohnung angekommen, setzte Jana Minkus auf den Boden und ließ ihn erst einmal in Ruhe die neue Umgebung erkunden. Dann gab sie ihm etwas zu essen und zu trinken. Sie sprach mit Minkus wie zu einem Menschen. Das kam vielleicht daher, dass sie ihre Rollen laut einübte und mit imaginären Personen sprach, oder aber, weil Jana sehr einsam war.

»Morgen besorge ich alles für dich, was eine Katze braucht«, versprach sie.

»Diese Nacht kannst du in der Couchecke verbringen.« Sie legte Minkus eine weiche Decke auf die bunt gemusterte Couch.

So verbrachte Minkus wieder eine Nacht in einer fremden Umgebung, bei einem fremden Menschen. Er hörte den Wind singen und die Geräusche der Großstadt, ein ununterbrochener, summender Ton.

Dann schlief Minkus ein. Und nichts konnte seinen erschöpften Schlaf stören ...

Bei Jana mit den Goldaugen

Jana Jolander war zweiundfünfzig Jahre alt, sah aber jünger aus. Sie war hochgewachsen und schlank. Das Schönste an ihr waren ihre großen glänzenden, goldgelben Katzenaugen, die denen von Minkus glichen.

Als Minkus am nächsten Morgen erwachte, schlief Jana noch fest. Minkus ging zunächst auf Streife, um seine neue Umgebung genauestens zu erkunden. Sie gefiel ihm. Es roch gut, viele Kissen und weiche Teppiche gab es, wie für Katzen geschaffen.

Es ging schon auf Mittag zu, als Jana aus ihrem Schlafzimmer kam.

»Ach du meine Güte«, rief sie aus. »Dich hätte ich beinahe verschlafen. Du hast bestimmt Hunger. Ich bin eine Rabenkatzenmutter. Kannst du mir verzeihen?«

Sie füllte verdünnte Milch in eine Schale und öffnete eine Dose Corned Beef, stellte alles für Minkus hin.

Minkus nippte an der Milch, kostete dann das gut riechende Corned Beef und nahm ein paar Bissen. So richtig hungrig war er nicht.

Jana ging ins Bad, zog sich an, trank eine Tasse Kaffee und fuhr dann mit ihrem Auto in die nächste Tierhandlung.

Mit allem Nötigen versehen, kehrte sie dann in ihre Wohnung zurück. Sie warf Minkus eine weiße Spielzeugmaus zu, die er erfreut in hohem Sprung in der Luft auffing.

Dann spielte er mit der Maus wild im Zimmer umher, jagte ihr nach, warf sie wieder und wieder in die Luft, fing sie dann geschickt auf, bis die Maus bereits nach kurzer Zeit ihren Schwanz verloren hatte. Und während Minkus das Spielzeugtier liebevoll ableckte, kam allmählich ihr Inneres zum Vorschein. Wenig war von der niedlichen Spielzeugmaus übrig geblieben. Jana lachte.

»Mausetot«, sagte sie zu Minkus und betrachtete ihn liebevoll. »Wirst du bei mir bleiben?«, fragte sie dann. »Ich lebe allein, nachdem mein Freund mich verlassen hat. Da kommst du gerade recht.«

Minkus, der nichts von Mäusen hielt, die man so schnell erlegen konnte, sprang auf die Couch und rollte sich in seiner Decke ein.

Jana setzte sich zu ihm und redete weiter mit ihm.

Wie kann man nur so pausenlos reden. Minkus bewegte irritiert sein rechtes Ohr. Aber allmählich gewöhnte er sich an ihre Stimme. Jana schenkte ihm ihre ungeteilte Aufmerksamkeit. Dass sie in Wirklichkeit sehr einsam war, konnte Minkus ja nicht wissen. Ihre weichen Hände, ihre schöne

Stimme, ihre Zärtlichkeiten, mit denen sie Minkus gleich von Beginn ihrer Bekanntschaft an überschüttete, schenkten ihm Vertrauen.

Und wieder kam eine ferne Erinnerung. So etwas hatte er schon einmal erlebt mit Julia.

Jana führte ein Leben gegen den Strom. Morgens früh, wenn andere aufstanden, schlief sie, wenn keine Proben waren. Wenn andere nach Hause kamen, stand sie auf der Bühne. Dann begann ihr eigentliches Leben. Unter den Scheinwerfern, im Rampenlicht, wenn sie ihre Rollen zu spielen begann. Manchmal schlug sie sich mit Kollegen die Nächte um die Ohren und kam erst in der Morgendämmerung nach Hause.

Minkus gewöhnte sich an dieses so andere Leben. Er schlief meistens, wenn Jana schlief, stand auf, wenn sie aufstand, und schnurrte behaglich in ihrem Schoß, wenn sie ihm mit vielen kleinen Küssen zwischen die Ohren ihre Zärtlichkeit zeigte.

Wenn Jana Rollen lernte, setzte sie sich zu Minkus und sprach zu ihm. Das Rollenbuch in der Hand, deklamierte sie: »Du bist jetzt Jonathan, und ich bin Marie. Hör mir gut zu«, sagte sie zum Beispiel und schaute Minkus so an, als ob er wirklich ein Partner wäre. Sie sprach zu ihm, als könnte er alles verstehen. In der Wohnung hingen überall Bühnenfotos von Jana und anderen Schauspielern. Manchmal bekam Jana Besuch von Kollegen, und dann wurde gelacht, Wein getrunken und gesungen.

Minkus fühlte sich unter dieser Gesellschaft wohl. Meistens brachten die Gäste ihm etwas mit, eine Dose Gourmetfutter, ein Spielzeug, ein zärtliches Streichelwort.

»Mein Rollenpartner«, stellte Jana Minkus Neuankömmlingen vor.

Der November und der Dezember kamen und brachten sehr viel Kälte mit.

Weihnachten musste Jana auf der Bühne stehen.

Als sie am freien zweiten Weihnachtstag mit Minkus allein in der Wohnung war, bekam sie ihren »Moralischen«, wie sie das nannte. Auf einmal spürte sie ihr Alleinsein so übermächtig, dass sie an nichts anderes mehr denken konnte. Sie hatte zwar Einladungen von Kollegen zu Weihnachten erhalten, aber sie hatte alle nicht angenommen.

Aber jetzt merkte Jana, dass sie niemanden hatte, der wirklich zu ihr gehörte. Und je älter sie wurde, umso schmerzlicher wurde dieser Gedanke. Die Männer, die sie gern gewollt hätte, waren verheiratet oder konnten ihr Leben als Schauspielerin nicht verstehen, und die, die Jana wollten, konnte sie nicht lieben. Jana war geradezu froh gewesen, am ersten Weihnachtstag auf der Bühne zu stehen. Wenn der Vorhang sich leise hob, die Lichter im Zuschauerraum verloschen und der Bühnengeruch überall war, vergaß sie ihr Single-Dasein.

Aber jetzt war sie eben nur Jana. Sie redete heute nicht mit Minkus. Jana war verstummt.

Niemand hatte sie zu Weihnachten angerufen. Einige ihrer Bekannten waren in den Süden gereist, andere feierten mit ihren Familien.

Minkus schlief fest. Jana ging zum Fenster und schaute hinaus. Der flimmernde Kerzenschein hinter den Gardinen der gegenüberliegenden Häuser tat ihr beinahe weh. Sie zog die Vorhänge zu, setzte sich vor den ovalen, goldgerahmten Schminkspiegel in ihrem Schlafzimmer und starrte sich an. Langsam nahm sie den Telefonhörer, hielt ihn sich ans Ohr und starrte sich wie in Trance im Spiegel an. Jana telefonierte mit sich selbst.

Als sie den Hörer wieder auflegte, schrillte plötzlich das Telefon. Jana erwachte aus ihrer Niedergeschlagenheit und nahm den Hörer wieder auf.

»Jana Jolander«, meldete sie sich.

»Verzeihung, da habe ich mich verwählt«, sagte eine Männerstimme und legte auf. Jana lachte.

Sie lachte ihre Traurigkeit weg, ging ins Wohnzimmer zur Couch, wo Minkus den Kopf hob und sie anschaute. Jana verbarg ihr Gesicht in seinem weichen duftenden Seidenfell.

»Mein Schöner, was bin ich für eine dumme selbstmitleidige Frau«, sagte sie. »Es gibt keinen Grund zur Traurigkeit. Ich habe ja dich.«

Minkus bestätigte das mit einem lang gezogenen dunklen »Rrrr«. Dann gab er für Jana eine seiner grotesken Verrenkungsvorstellungen auf dem Teppich ab, sodass Jana wieder lachen musste.

»Du bist ein richtiger Komödiant«, sagte sie. »Hast du einen Kater, brauchst du keinen Psychiater.«

Und dann wurde es doch noch ein schöner zweiter Weihnachtsabend für Jana. Sie trank ein Glas Wein, hörte Musik, aß eine Kleinigkeit und kuschelte sich mit Minkus auf die Couch.

Janas Fröhlichkeit hatte wieder die Oberhand gewonnen.

Ein frischer Wind hatte die Wolkendecke vertrieben. Der Abendstern kam zögernd hinter einem Wolkenfetzen hervor.

»Ein Weihnachtsstern am Himmel«, sagte Jana. »Siehst du, Blacky, es gibt immer wieder einen Stern, der die Dunkelheit in uns erhellt.«

Minkus blinzelte.

Als Jana zu Bett ging, trottete er schlaftrunken hinter ihr her und legte sich auf ihren Bauch.

Mensch und Tier schliefen im Einklang ein ...

Wieder allein

Jana suchte verzweifelt ihre Bankchipkarte. Sie hatte sie auf ihren Schminktisch gelegt, und jetzt war sie weg.

Im üblichen Chaos zwischen Puderdosen, Schminkkasten, Abschminktüchern, Cremes, Handspiegeln und Bürsten und Kämmen suchte Jana. Sie bückte sich und kroch auf dem Fußboden herum, hob den Teppich hoch. Vergeblich.

Minkus beobachtete das hektische Suchen mit wachsamen Augen. Er fand immer, was er brauchte. Manchmal versteckte er einige Sachen von sich in der Wohnung. Aber er musste nie etwas suchen wie Jana, die öfter einmal nicht wusste, wo sie etwas hingetan hatte.

Als Jana an diesem Nachmittag von der Probe nach Hause kam und das Licht im Wohnzimmer anschaltete, weil es wieder einmal einer dieser stürmischen und dunklen Hamburger Tage war, sah sie, wie Minkus mit seiner langen flinken Pfote einen Gegenstand durchs Zimmer jagte. Er schien sein hellstes Vergnügen daran zu haben. Minkus jagte etwas Glänzendes in die Ecken und unter die

Couch, holte es geschickt wieder hervor und legte es dann Jana vor die Füße.

»Blacky, du hast meine Bankchipkarte gefunden«, sagte Jana erfreut. Die Karte steckte in einer glänzenden Plastikhülle.

Oder hatte er sie nicht gefunden, sondern sie vorher vom Schminktisch weggewischt und mit ihr gespielt?

Jana ging in die Küche und holte für Minkus zur Belohnung einige seiner Lieblingsknusperleckereien. Dann setzte sie sich in den Sessel. Es war ein anstrengender Tag gewesen. Sie probten ein neues Stück, und der junge Regisseur war mit der Leistung von Janas Kollegin Angelika nicht zufrieden gewesen, weil sie immer wieder Texthänger hatte.

»Gehörst du auch zu den Computergewächsen, die sich nichts mehr auswendig merken können?«, hatte er Angelika angebrüllt.

Daran dachte Jana jetzt.

Übermorgen begann die dreiwöchige Tournee mit dem Erfolgsstück, das sie bereits mehrere Male in dieser Saison vor heimischem Publikum gegeben hatten.

Die Tournee führte durch Süddeutschland und in mehrere Städte nach Österreich.

Angelikas Mutter hatte sich bereit erklärt, für Minkus zu sorgen. Angelikas kleine Tochter freute sich schon darauf, denn sie wollte der Oma bei der Katerbetreuung helfen. Jana hatte Futter im Voraus gekauft und Angelikas Mutter, einer flotten Anfangfünfzigerin, alles erklärt. Es war besser, Minkus blieb in seiner gewohnten Umgebung, als ihn in Pension zu geben.

Am Morgen der Tournee verabschiedete sich Jana mit einem zärtlichen Fellkraulen von Minkus.

»Halt die Ohren steif, mein Schwarzer. Ich komme wieder zu dir zurück«, sagte sie zu Minkus.

Minkus begleitete sie zur Wohnungstür, und als die Tür sich geschlossen hatte, lauschte er noch eine Weile auf Janas Schritte, die sich von ihm entfernten. Dann trödelte er in der Wohnung umher. Er ahnte es in seinen Schnurrspitzen, dass eine Trennung bevorstand. Jana hatte Koffer gepackt, und überhaupt war die gewohnte Katerruhe gestört worden.

Gegen Mitternacht machte Minkus seinen Rundgang durch die Wohnung, lauschte reglos an der Tür, in der Hoffnung, seine Menschin würde irgendwann kommen. Aber die Nacht verging und der Morgen kam, und Jana blieb verschwunden. Minkus vermisste Jana. Ihre blauen Bettpantoffeln mit den gestickten Vergissmeinnicht darauf standen vor ihrem Bett.

Minkus schnupperte sehnsüchtig daran. Janas Duft beruhigte ihn etwas. Er legte sich auf die Pantoffeln und schlief kurz ein.

Dann hörte er die Wohnungstür gehen und sprang freudig auf. Aber es war nicht Jana. Eine andere Frau und ein kleines Mädchen von sechs Jahren kamen herein.

»Du hast uns wohl kommen hören?«, fragte die Frau freundlich und streichelte Minkus.

Auch das Mädchen, Alexandra, beugte sich zu Minkus herunter und streichelte ihn. »Der ist aber schön«, sagte sie.

Minkus ließ sich streicheln, preschte aber dann davon in die Küche. Die Frau öffnete eine Dose und gab Minkus zu fressen. Aber Minkus verweigerte zunächst das Futter und ging mit erhobenem Schwanz davon. Was wollten die Fremden hier in »seiner« Wohnung, wo Jana nicht da war?

Die Frau machte das Katzenklo sauber, stellte frisches Wasser hin und blieb noch eine Weile bei Minkus. Aber Minkus zeigte ihr und dem Kind die kalte Schulter. Er hatte Sehnsucht nach Jana und maunzte leise vor sich hin.

Die Frau und das kleine Mädchen kamen jetzt jeden Tag und versorgten ihn. Nach zwei Tagen hatte er wieder zu fressen begonnen.

Nachdem mehr als zwei Wochen vergangen waren, wurde Minkus richtig schwermütig. Er fühlte sich verlassen. Er fraß nur wenig und verlor an Gewicht. so sehr trauerte er um Jana. Sie würde nie wiederkommen. Wie konnte sie ihn im Stich lassen?

»Bitte, Oma, lass den Kater für eine Nacht bei uns bleiben«, bettelte Alexandra. »Nur für eine

Nacht. Er kann in meinem Zimmer schlafen und vielleicht sogar in meinem Bett. Vielleicht ist er dann nicht mehr so traurig.«

»Das geht nicht«, sagte Frau Kuhlmann, Angelikas Mutter und Alexandras Oma. »Die Katze gehört uns doch nicht.«

»Aber Frau Jolander hätte sicher nichts dagegen«, bettelte Alexandra weiter. »Nur eine Nacht, dann bringen wir sie wieder zurück.«

Frau Kuhlmann willigte schließlich ein.

Frau Kuhlmann wohnte mit ihrer Tochter Angelika und ihrer Enkeltochter außerhalb Hamburgs in einem schmucken kleinen Haus mit Garten. Im Katzenkorb traf Minkus in seinem neuen Domizil für eine Nacht ein.

Es gab ein extra gutes Menü für ihn, das Frau Kuhlmann selbst zubereitete.

Morgen würde Minkus wieder zurück in seiner Umgebung sein, und Frau Jolander musste es ja nicht unbedingt wissen, dass er eine Nacht »auswärts« verbracht hatte. Alexandra war selig, Minkus bei sich zu haben.

Die Nacht kam mit sternenklarem Himmel und kühler Luft.

Minkus hatte es sich zum Entzücken Alexandras auf ihrem Bett bequem gemacht. Kurze Zeit später war Alexandra tief eingeschlafen, die Hand auf Minkus' Fell.

Minkus blickte den Mond an, der hell durch das

Fenster schien, prall und leuchtend gelb wie ein Kürbis.

Minkus war hellwach, seine Augen waren bernsteinklar. Er hielt stumme Zwiesprache mit dem Mond.

Und dann spürte er den leisen, kühlen Lufthauch vom Fenster her. Es war beinahe so wie vor langer Zeit im Katzengehege bei Dr. Weier. Da hatte er auch solche Nächte erlebt, denen Katzen nicht widerstehen konnten, diese Nächte mit den sanften Lüften und all den Düften.

Minkus war dann ins Katzenfreigehege geschlichen, hatte sich den Wind um die Ohren wehen lassen und die Stunden unter freiem Himmel genossen.

Auf einmal packte ihn die Sehnsucht nach der mondhellen Sternennacht, nach der großen stillen Weite. Er stand leise auf, schlich zum Fenster, schnupperte und atmete tief. Das Fenster war wie vom Mondlicht eingerahmt.

Und dann entdeckte er, dass er es leicht öffnen konnte. Es war nicht fest verschlossen. Der Windhauch kam durch. Minkus probierte vorsichtig mit der rechten Pfote, ob es nur angelehnt war. Das Fenster schwang leise auf.

Da es ein Parterrefenster war, konnte Minkus mit aller Leichtigkeit auf das Außensims springen und hinaus in den feuchten Rasen. Seine Pfoten spürten die Gräser, und die taufrische Nachtluft umschmeichelte ihn wie ein fremdes Abenteuer, das auf ihn wartete. Minkus lief schnell durch den Garten. Er spürte ein großes, freies Gefühl, sprang über den Holzzaun und befand sich dann auf einer stillen Straße, die mit Bäumen begrenzt war. Es roch nach Frühling, Aufbruch und nach etwas mehr, das er nur in seinem Katerherzen fühlte. Immer weiter lief Minkus in die mond- und sternenklare Nacht hinein, als ob er einem inneren Ruf folgen würde. Oder war es der Mond, der ihn dazu ermunterte?

Er hatte sie nicht vergessen, die Geräusche der Nacht. Das Rauschen des Windes, das Flüstern der Bäume, Hecken und Gräser, das Bellen eines Hundes in der Ferne.

Als Minkus in einen großen Park gelangte, hielt er inne. Menschliche Geräusche drangen von dort zu ihm. Unschlüssig blieb er stehen und lauschte. Stimmen klangen zu ihm hin. Vorsichtig bewegte sich Minkus zwischen den Bäumen und Sträuchern auf die menschlichen Stimmen zu. Um ein Denkmal herum, am Ende des Parks, saßen Jugendliche, ließen die Bierflaschen kreisen, lachten und lärmten.

Minkus kauerte sich unter einen kahlen Strauch und fixierte die Menschengruppe. Plötzlich entdeckte ihn ein Mädchen mit langen Haaren.

»Seht euch den schwarzen Teufel dort an«, rief sie, und bevor Minkus weglaufen konnte, hatte sie ihn schnell am Genick gepackt und hielt ihn hoch.

Minkus zappelte empört wegen der groben Behandlung.

Ein langer Kerl kam auf Minkus zu, riss ihn dem Mädchen aus der Hand und schleuderte Minkus am Schwanz um sich herum. Minkus kreischte wie von Sinnen, hell und durchdringend. Die Meute grölte.

»Den hat uns der Teufel persönlich geschickt«, meinte der Lange und hielt plötzlich inne. Er nahm Minkus fest in den Würgegriff. »Den bringen wir zu Michael«, rief er laut. »Für dieses Prachtexemplar kriegen wir mindestens einhundertfünfzig Euro.«

»Kinder, was können wir davon für ein Fest hier feiern«, feixte ein anderer.

Das Mädchen, das Minkus entdeckt hatte, meinte voller Mitgefühl: »Aber er ist doch so ein hübscher Kerl und noch jung. Lasst ihn doch laufen.«

»Kommt nicht infrage«, bestimmte der Lange, der der Boss der Clique zu sein schien. »Steck ihn in deinen Jutesack«, befahl er einem schmächtigen Rothaarigen.

Minkus wurde grob in den Jutesack gesteckt und fest verschnürt. So sehr er auch protestierte und sich wehrte, es half nichts. Minkus saß in der Falle.

Gegen Morgen verlud der Lange Minkus auf sein Mofa, band den Sack fest, und im Höllentempo und mit viel Lärm fuhren sie in eine Vorstadtstraße. Vor einem Haus in einem schäbigen Hinterhof machten sie halt.

Der Lange schulterte den Sack mit Minkus, ging über den Hof und läutete dann Sturm an einer Tür.

»Wer da?«, schrie eine Männerstimme aus dem ersten Stock.

»Mach die Tür auf, ich hab was für dich«, brüllte der Lange zurück.

In der Wohnung des Fremden angelangt, öffnete der Lange den Sack. Minkus sprang benommen heraus.

»Willst du den haben?«, fragte der Lange.

Der andere Mann betrachtete Minkus fachmännisch.

»Na klar«, erwiderte er. »Der Doktor wird sich freuen.«

»Kohle wie immer?«, fragte der Lange.

»Logo. Bezahlung erfolgt heute Nachmittag nach Abnahme. Komm bei mir vorbei«, sagte der Mann, der Michael hieß.

Dann wurde Minkus wieder in den Sack gesteckt und in eine Ecke geworfen, während der Lange die Tür hinter sich zuwarf.

Minkus wusste nicht, was ihm bevorstand. Aber seine Katerseele signalisierte Unheil.

Und auf einmal waren für Minkus alle Sterne erloschen, und der Mond, der ihn gerufen hatte, war wie von Geisterhand des Morgens vertrieben worden …

138

Janas Schmerz

Als Alexandra am nächsten Morgen aufwachte, rief sie nach Minkus. Aber er war nirgendwo zu sehen.

»Oma, ist der Kater bei dir?«, fragte das kleine Mädchen, als es in die Küche kam, wo Frau Kuhlmann gerade das Frühstück machte.

»Der Kater? Ich denke, der war die ganze Nacht bei dir?«, erwiderte Frau Kuhlmann.

»Aber er ist nicht mehr in meinem Zimmer«, jammerte Alexandra.

»Lass uns ihn suchen«, sagte Frau Kuhlmann.

Frau Kuhlmann ging zunächst mit ihrer Enkelin ins Schlafzimmer.

Alexandra stieß einen Schreckenslaut aus. »Das Fenster ist offen«, sagte sie, nichts Gutes ahnend.

»Du hast das Fenster aufgemacht?«, fragte Frau Kuhlmann streng.

»Nein, Oma. Es war zu«, beharrte Alexandra.

Dann muss es der Wind aufgemacht haben«, fuhr Frau Kuhlmann fort.

Sie ging zum Fenster und bewegte den altersschwachen Riegel. »Ich hätte ihn längst reparieren lassen sollen«, sagte sie.

Alexandra war ganz blass geworden vor Schreck. »Glaubst du, der Kater ist verschwunden?«, fragte sie.

»Lass ihn uns erst einmal im Haus suchen«, erwiderte Frau Kuhlmann.

Sie gingen durch alle Räume und riefen nach dem Kater. Aber er blieb verschwunden.

Frau Kuhlmann sah ihre Enkelin an. »Er hat das Weite gesucht«, sagte sie düster. »Ich hätte dir nie erlauben dürfen, das Tier mit zu uns nach Hause zu nehmen. Was soll ich jetzt Frau Jolander sagen?«

Alexandra begann zu weinen.

»Ich kann doch nichts dafür, dass er ausgerissen ist«, sagte sie.

Gemeinsam suchten sie den Garten und das umliegende Gelände ab.

Als Minkus am Spätnachmittag immer noch nicht aufgetaucht war, ging Frau Kuhlmann zum Telefon. »Ich muss Frau Jolander anrufen«, sagte sie zu Alexandra. Ihre Tochter hatte den Tourneeplan und die jeweiligen Hotels hinterlassen.

Als Jana Jolander sich meldete, fühlte Frau Kuhlmann, wie ihr Herz schlug. Aber da musste sie jetzt durch. »Ich muss Ihnen etwas beichten«, begann Frau Kuhlmann. Und dann berichtete sie Jana wahrheitsgemäß, wie es zum Verschwinden des Katers gekommen war.

»Es tut mir ja so leid«, sagte sie abschließend. »Ich werde Anzeigen in die Zeitungen setzen und nach dem Kater suchen und auch die Tierheime anrufen«, versprach sie.

Eine Zeit lang war es still. Jana musste erst einmal tief durchatmen. »Mein Schwarzer ist also weg«, sagte sie dann, und die Traurigkeit in ihrer Stimme schwang mit. Aber Jana konnte Frau Kuhlmann und Alexandra nicht böse sein. Sie waren ja nicht unmittelbar schuld an dem Verschwinden ihres »Blacky«.

»Vielleicht finden wir den Kater ja wieder«, versuchte Frau Kuhlmann sich selbst und Jana Mut zuzusprechen.

Aber Jana fühlte, dass sie Minkus nie wieder sehen würde. Die Traurigkeit packte sie an. Für den Rest der Tournee versuchte sie, sich nur auf ihre Arbeit zu konzentrieren.

Als sie dann wieder daheim ankam und die Tür aufschloss, brach sie in Tränen aus. Ihr Schwarzer würde nie wieder hinter der Tür stehen und auf sie warten. Jetzt wartete niemand mehr. Kein Schnurren zur Begrüßung, keine Wärme mehr. Jana ging in die Küche, wo der leere Futternapf stand.

Als sie im Wohnzimmer das Licht anschaltete, sah sie Minkus' Spielzeug verstreut auf dem Teppich liegen, die weißen und grauen Mäuse, die bunte Schnur mit der Kugel, die kleinen Bälle und Rollen, sein Kratzbrett, das er nie benutzt hatte, weil er lieber seine Krallenspuren auf dem Teppich hinterließ.

Auf der leuchtend bunten Wolldecke auf der Couch entdeckte Jana ein einziges schwarzes Haar. Die Spur eines Katzenlebens. Jana nahm die Decke, die nach Minkus roch, in ihre leeren Hände. »Leb wohl, Schwarzer«, sagte sie zu der Decke.

Ich werde mir eine neue Katze anschaffen, wenn Minkus nicht wiederkommt, nahm Jana sich vor. Es wird eine grau getigerte oder rothaarige Katze sein, die sie nicht an Minkus erinnern würde. Diese Perspektive war jetzt der einzige Trost für Jana, an dem sich sich festhalten würde ...

In großer Gefahr

Minkus verzweifelte Versuche, aus dem scheußlichen Sack rauszukommen, gelangen ihm nicht. Mit Krallen und Zähnen bearbeitete er sein enges Gefängnis und miaute so laut, dass der grobe Mann ihm einen Fußtritt versetzte.

»Halt endlich dein Maul, du blödes Vieh«, brüllte der Mann.

Er klapperte laut mit Geschirr in der engen Wohnküche, die nach abgestandenem Essen roch.

Als Minkus gerade ein wenig schlafen wollte, um sein hartes Los zu vergessen, wurde er mit dem Sack hochgehoben. Der Mann schulterte den Sack und polterte die Stufen hinunter auf die Straße. Er schloss sein Auto auf und warf Minkus im Sack auf den Rücksitz. Dann fuhr er davon.

Als er auf dem Hof des Versuchslabors einfuhr, waren Minkus' Sinne aufs Äußerste gespannt. Schon in der abgelegenen Straße hatte Minkus das Unheil gerochen. Es roch nach Chemikalien, Pharmazeutika, nach allen dunklen Kateralbträumen.

Der Mann lud den Sack mit Minkus wieder auf die Schulter und polterte die Eisenstufen zu der verschlossenen Tür empor. Er gab einen Code ein, dann wurde die Tür geöffnet, und Minkus wusste, ohne dass er etwas sehen konnte, dass er in der Katzenhölle gelandet war.

»Ich bringe Ihnen diesmal ein besonders schönes junges Exemplar, Doktor«, sagte der Mann. Er warf den Sack auf einen langen Metalltisch, öffnete ihn und zog Minkus am Genick hervor.

Dr. Schöneberg, ein Arzt in mittleren Jahren, begutachtete Minkus. »Ich hoffe nur, Sie haben dieses Exemplar nicht gestohlen oder weggelockt«, meinte er.

»Nein, er ist mir quasi zugelaufen«, antwortete Michael.

»Lassen Sie sich in der Buchhaltung das Tier bezahlen«, sagte Dr. Schöneberg und unterschrieb eine Geldanweisung.

Michael, der als Hilfsarbeiter und »Mädchen für alles« zeitweise für das Versuchslabor arbeitete, freute sich auf seinen Lohn. Seinen Kumpels hatte er immer einen niedrigeren Preis für »Fundtiere« genannt, sodass er den größten Anteil davon selbst einsteckte.

Als Michael wieder gegangen war, wurde Minkus in einen Käfig gesperrt, der widerlich roch. Als er sich einige Male um seine eigene Achse gedreht hatte, erblickte Minkus andere Käfige mit Tieren, Katzen, Hunden, Meerschweinchen, Mäusen, Ratten.

Die Katze im Nebenkäfig hatte glasige Augen und atmete schwer. Irgendwelche Messgeräte waren im Käfig angebracht. Eine junge Frau im weißen Kittel betrat den Raum. Dr. Schöneberg zeigte auf Minkus. »Diesen hier können Sie sich gleich vornehmen, Raffaela«, sagte er.

Raffaela, die junge Assistentin Dr. Schönebergs, untersuchte Minkus gründlich. »Zu schön, um zu sterben«, murmelte sie. Aber ihre Augen blieben kalt. Sie war Wissenschaftlerin, und schließlich und endlich dienten ihre Tierversuche den Menschen, versuchte Raffaela sich zu rechtfertigen.

Ihre Hände, die Minkus jetzt hielten, waren kalt. Kalt wie der Tod, dem Minkus jetzt ausgeliefert war. Tief in seinem Herzen ahnte er seinen Tod.

Minkus hörte um sich herum leises, klagendes Fiepen, spitze kraftlose Katzenschreie. Aber die meisten Tiere waren apathisch und hatten sich bereits in ihr Schicksal ergeben.

Es war ein schöner Frühlingstag. Durch das halb geöffnete Laborfenster strömte kühle frische Luft, die den Duft von Osterglocken, Veilchen, Hyazinthen und anderen Frühlingsblumen mit sich brachte. Das Labor lag in einem weiten Gelände, das an ein Wäldchen grenzte.

Minkus schnupperte. Er roch die Frühlingsdüfte und den Geruch des Meeres aus der Ferne. Die Sonne schien bereits mit all ihrer Kraft vom blauen Himmel.

Als Raffaela Minkus auf den langen Labortisch setzen wollte, biss er wütend um sich, fauchte, was das Zeug hielt, und hieb seine Krallen in die rechte Hand der jungen Frau.

Aber sie lachte nur und hielt ihn eisern fest. Mit Gewalt duckte sie ihn auf den Tisch, sodass Minkus sich wie in einer Zwangsjacke fühlte. Dr. Schöneberg kam mit einer Injektionsspritze.

Noch einmal blickte Minkus zum Fenster, durch das die Sonne leuchtende breite Lichtbahnen warf. Und auf einmal, im Bruchteil einer Sekunde, schien ihm die Katzengöttin Bastet zu erscheinen. Stolz und hoheitsvoll stand sie da. »Wehre dich«, flüsterte sie. »Hast du nicht sieben Leben?«

Minkus entwickelte ungeahnte Kräfte, riss sich fauchend und blitzschnell los, verpasste gleichzeitig noch Raffaela einen bösen Biss in die Hand, spurtete in unglaublicher Geschwindigkeit auf das halb offene Fenster zu, stürzte hinaus und raste wie von tausend Hunden verfolgt durch den Garten und über das Feld, dem flirrenden Birkenwäldchen zu. Wie ein schwarzer Blitz, der den Tag durchtrennte, war er davongestoben.

Ehe die verblüfften Labormitarbeiter sich von ihrem Schrecken erholt hatten, war von Minkus nicht mehr die Spur zu sehen.

»Der war nicht aufzuhalten«, sagte Dr. Schöneberg lakonisch, während Raffaela ihre Wunden versorgte, die Minkus ihr zugefügt hatte.

»Ein wilder schwarzer Teufel«, murmelte sie.

»Trinken wir erst einmal einen Kaffee«, schlug Dr. Schöneberg seiner Assistentin vor.

Minkus lief und lief um sein Leben. Ungeahnte Kräfte trugen ihn. Er konnte stolz auf sich sein. Er hatte den Ruf der Katzengöttin Bastet gehört und war ihm gefolgt.

Um sich herum nahm Minkus die Vogelstimmen wahr. Er hörte das Frühlingslied des Windes, und er spürte eine Kraft, die sein Herz mutig und stark machte.

Der Gefahr entkommen, lief er durch das Birkenwäldchen und dem Horizont entgegen. Er spürte dabei die ganze Kraft, die in ihm steckte.

Und mit der wiedergewonnenen Freiheit hatte Minkus wieder ein Stück Leben hinter sich gelassen und war auf dem Weg in ein neues …

In der Laubenkolonie

Nach den letzten schlimmen Ereignissen mied Minkus die Menschen. Er war über Felder und Wiesen gelaufen, hatte Wälder durchquert und Gärten, stille Vorortstraßen, stets auf der Hut vor Menschen. Tief in seinem Katerherzen saß der spitze Pfeil, der ihn erreicht und an den Rand des Todes gebracht hatte.

Am Spätnachmittag hörte er das ferne Singen von Zügen, als er einen Bahndamm entlanglief. Der Bahndamm war mit wildem Strauchwerk und kleinen Bäumen bewachsen und bot ihm ausreichend Schutz.

Vom Meer her kam ein frischer Wind auf. Minkus spürte es in allen seinen Gliedern. Es roch nach Sturm. Er hatte längst sein Tempo verlangsamt, sah sich zeitweilig um und ruhte kurz unter einem Strauch aus, um seine strapazierten Pfoten zu lecken und sein Fell zu putzen.

Auf einmal war die Frühlingssonne verschwunden. Über den Himmel jagten schwarze Wolkenformationen. Minkus sträubten sich im wahrsten Sinne des Wortes die Haare.

Jetzt roch es nach frisch aufgebrochener Erde, nach Saatgut und Pflanzen. Als die ersten dicken Regentropfen auf ihn niederprasselten, erreichte er eine Schrebergartenkolonie mit kleinen pastellfarbenen Laubenhäuschen. Minkus strich am Naturzaun der Kolonie entlang und witterte in der Laube am Ende der Gärten Menschen und Essensgeruch. Auf einmal spürte er quälenden Hunger.

Die Laube am Ende der Kolonie stand an einem grasbewachsenen Hügel, war zartblau gestrichen, hatte ein wetterfestes Dach, eine weiß gestrichene Tür und blank geputzte Fenster.

Vorsichtig pirschte Minkus sich an den Schrebergarten heran, sprang leichtfüßig über den Heckenzaun, der das Grundstück vom Nachbargrundstück trennte, und schlich, sich immer wieder duckend und nach allen Seiten schauend, auf das einladende Häuschen zu.

Um ihn herum brauste der Sturm, die Regentropfen fielen auf sein Fell, sodass er im Nu total durchnässt war.

Als Minkus um einen Wassertrog herumschlich, öffnete sich plötzlich die weiße Holztür, und ein alter Mann in Jeans, verwitterter Cordjacke mit einer grauen dichten Lockenmähne und blauen freundlichen Augen kam heraus. Er ging zum Regentrog und schöpfte Wasser in eine Kanne.

Minkus hatte sich vorsichtshalber hinter einem Eimer versteckt. Aber seine schwarze Schwanzspitze lugte hervor. Der Mann mit den wachsamen Augen hielt in der Bewegung inne und blickte zu der Schwanzspitze hin, die sich kaum merklich bewegte. Behutsam, langsam und leise kam er auf Minkus zu, der sich schnell duckte. Am liebsten hätte er sofort Reißaus genommen.

Aber der alte Mann hatte seine Hand ausgestreckt und sprach beruhigend auf Minkus ein. »Was kommt denn da für ein Besucher zu mir?«, sagte er leise. »Habe ich dich erschreckt? Du brauchst keine Angst vor mir zu haben.«

Minkus war unschlüssig. Sollte er weglaufen oder erst einmal abwarten?

»Ich wohne ganz allein hier«, fuhr der Mann fort und streichelte Minkus zart. »Ich habe nicht vor, dir etwas Böses zu tun. Du bist eine prachtvolle schwarze Katze. Oder bist du ein Kater?«

Mensch und Tier sahen sich eine Weile an, und Minkus fasste Vertrauen. Er hob seinen Schwanz empor.

»Du bist ein Kater«, sagte der Mann lächelnd, »kraftvoll, wie du ausschaust. Ich heiße Harald. Komm mit mir herein«, forderte er Minkus auf und schaute zum düsteren Himmel. Der Regen peitschte noch immer herunter. Aber er schien dem Mann nichts auszumachen. Minkus blieb zunächst zurück, als der Mann sich umwandte und zur Laube ging. Dann folgte er ihm langsam in gebührendem Abstand.

Harald ließ die Tür offen, und der Wind schlug sie gleich wieder zu, praktisch vor Minkus' Nase. Minkus verharrte vor der Tür und schüttelte sich, widerlich nass, wie er war.

Der alte Mann öffnete die Tür wieder. »Komm herein«, forderte er Minkus auf, »sonst weht dich der Sturm noch davon und wer weiß wohin.«

Und Minkus folgte dem Mann mit der angenehmen Stimme. Innerlich war er jedoch immer noch auf dem Sprung und wachsam. Aber der Hunger quälte ihn so, dass er sich schließlich auf das Risiko einließ, einem Fremden zu folgen.

Harald öffnete eine Dose Wurst, verteilte sie in eine Untertasse und stellte sie vor Minkus hin. »Du musst mit dem vorliebnehmen, was ich habe«, sagte er.

Minkus roch die gute Wurst und begann, eifrig zu fressen. Für ihn war es eine wunderbare Mahlzeit. Das kam wohl auch von der Erleichterung in ihm, ein böses, beinahe tödliches Abenteuer überstanden zu haben.

Als Minkus fertig war, leckte er sich das Mäulchen und sah Harald mit großen Augen an.

»Wenn du willst, kannst du bei mir bleiben«, sagte Harald und streichelte Minkus. »Die anderen Schrebergartenfreunde mögen zwar keine Katzen. Sie durchwühlen ihre frischen Beete auf der Suche nach Mäusen oder benutzen sie als Katzenklo. Außer mir gibt es niemand, der das ganze Jahr über hier wohnt. Es ist sozusagen meine einzige Bleibe. Und wenn du eine Zeit lang bei mir bleiben möchtest und die anderen erblicken dich, werde ich schon irgendeine Ausrede für dich finden.«

Der Sturm rüttelte jetzt beharrlich an den Fenstern, sodass sie knarrten und quietschten.

Harald holte eine alte Wolldecke und breitete sie in der Ecke neben seiner Couch aus. »So, das wird dein Schlafplatz sein«, sagte er zu Minkus.

Die Laube war gemütlich eingerichtet. Es gab die Schlafcouch mit bunter Decke, Tisch und Stühle, einen alten Sessel, einen Fernseher und ein Radio, einen Herd, bunte Flickenteppiche auf dem Holzboden, eine Kühlbox und einen Schrank. Es gab noch einen kleinen abgetrennten Raum mit der Toilette.

Als es immer dunkler wurde an diesem stürmischen Tag, schaltete Harald eine Stehlampe an. Die Laubenkolonie war an das Stromnetz angeschlossen.

Er machte es sich in dem alten Sessel gemütlich, während Minkus vor Erschöpfung und Müdigkeit eingeschlafen war. Er lag auf dem Flickenteppich, seinen Kopf in den Pfoten versteckt. Harald betrachtete liebevoll den schlafenden Kater.

»Hast wohl auch ein Wanderleben wie ich hinter dir«, dachte er. »Was meinst du wohl, Kater, warum ich hier hause? Ich habe auf einem Fischkutter gearbeitet, bis es nicht mehr rentabel war, in diesen

Breiten Fische zu fangen. Danach war ich im Hafen tätig, bis die schwere Arbeit mich kaputtgemacht hat. Jetzt habe ich eine kleine Rente, von der ich mir diesen Garten und die Wohnlaube gerade noch leisten kann. Und ich fühle mich hier wohl. Ich bin Wind und Wetter und Einsamkeit gewöhnt.« Er lachte leise.

Minkus seufzte im Traum.

»Weißt du, Kater, die Menschen können einander sehr verletzen«, fuhr Harald in seinem Selbstgespräch fort. »Und sie können auch Tiere sehr verletzen. Das wirst du sicher selbst erfahren haben, scheu wie du bist.«

Er betrachtete weiter den schlafenden Minkus.

»Wir beide, wir könnten Freunde werden, vorausgesetzt, du bleibst.«

Minkus' Schwanzspitze zuckte zuweilen nervös im Schlaf. Er träumte. Von den schrecklichen Geschehnissen dieses Tages. Und auf einmal gab er ein tiefes, klagendes »Miau« von sich.

Harald stand auf und streichelte ihn beruhigend.

Und im Traum spürte Minkus die streichelnde Hand wie etwas Friedvolles und Schönes. Der Albtraum verging, der Sturm ließ nach, und der Regen hörte auf, so heftig niederzuprasseln. Nur noch vereinzelte Tropfen fielen nieder.

Irgendwann schaltete auch Harald das Licht aus und legte sich auf die Schlafcouch. Und spät in der Nacht spürte der alte Mann die sanften Katerpfoten auf seinem rechten Fuß. Minkus hatte sich zu ihm geschlichen und begann leise zu schnurren. Das war ein Freundschaftsbeweis, den er Harald entgegenbrachte. Der einsame Mann hörte dem leisen Schnurren zu. Es tat ihm gut.

»Schön, dass wir uns gefunden haben«, sagte er zu Minkus.

Dann schlief auch Harald wieder ein, und er spürte noch im Halbschlaf die Wärme, die Minkus ihm gab ...

Die bunten Lichter tanzen

Minkus hatte in der Laubenkolonie bei Harald wieder ein Zuhause gefunden. Der Sommer kam, und Minkus unternahm lange Streifzüge durch die Gärten. Manchmal lief er am Bahndamm entlang und hielt inne, wenn die Fernzüge an ihm vorbeisausten. Er liebte es, wenn der Fahrtwind sein weiches Fell durchkämmte. Lange konnte er dasitzen und den Zügen nachsehen, die wie schlanke elegante Tiere davoneilten.

Minkus war groß und kräftig geworden, ein ausgewachsener schöner Katzenmann, dem die streunenden Katzendamen sehnsüchtige Blicke hinterherwarfen.

Manchmal lief Minkus zu einem alten Bauernhaus in der Nähe, in dem eine junge Tigerkatze wohnte, die meistens in der brüchigen Scheune hauste. An den langen warmen Sommerabenden besuchte Minkus seine Herzensdame. Gemeinsam saßen sie dann im warmen Heu und schauten den Mond an, der geheimnisvoll wie sie selber war.

Sie pflegten eine schöne Sommerfreundschaft, schnurrten zweistimmig, wenn sie sich zusammen wohlig in der Sonne ausstreckten, und manchmal leckte die Getigerte zärtlich über Minkus' Fell.

Minkus ging zuweilen auf Mäusejagd und legte seine Beute dann vor Harald hin. Harald bedankte sich artig, und wenn Minkus nicht da war, vergrub er die tote Maus im Garten.

Minkus war ein »Freiherr« geworden, der umherstreifte, wann er wollte. Er hatte vergessen, dass er einmal ein Stubenkater gewesen war.

Da er niemanden in der Kolonie wirklich belästigte, hatte er Duldungsrecht. Harald und er waren echte Freunde geworden. Der alte Mann lebte richtig auf, seitdem Minkus bei ihm war.

An seinem Geburtstag waren die Schrebergartenfreunde gekommen und hatten Harald das geschenkt, was er sich gewünscht hatte, einen schönen Porzellanfressnapf für Minkus. An diesem schönen Juliabend sollte nun das jährliche Sommerfest der Kleingartenkolonie auf dem Gemeinschaftsplatz stattfinden. Man hatte ein Zelt aufgebaut, falls es regnen würde, und den Platz mit bunten Lichterketten geschmückt. Lange Tische und Bänke waren aufgestellt worden.

Als der Abend sich mit seinen sanften Schatten ankündigte, die Sonne noch zögerte, ob sie bleiben oder gehen sollte, begann der Akkordeonspieler zu spielen. Ein Geiger fiel ein, und bald versammelten sich die Kleingärtner, sangen, lachten und redeten miteinander.

Es gab gegrillte Würstchen und Fleischstücke und vielerlei Getränke.

Harald hatte seine beste Hose angezogen und ein blütenweißes, kurzärmeliges Hemd. Er sah richtig gut aus und wurde, als er eintraf, herzlich von den anderen begrüßt.

Minkus, der unter dem wilden Heckenrosenbusch in Haralds Garten geschlafen hatte, hörte die Musik und roch den verheißungsvollen Grillduft. Er trottete Richtung Gemeinschaftsplatz, immer dem Duft und der Musik nach.

Minkus entdeckte Harald auf einer langen Bank, schlich sich von hinten an und setzte sich dann wie ein Hund zu Haralds Füßen. Er harrte der Dinge, die da kommen würden. Harald, der gerade ein Grillwürstchen aß, gab Minkus großzügig davon ab. In der allgemeinen frohen Stimmung war man sogar zu Minkus sehr freundlich. Er ließ sich streicheln und von allen Seiten füttern, bis er kaum noch maunzen konnte von den vielen guten Bissen.

Als die Musiker einen Walzer spielten, forderte die junge, hübsche Cornelia Harald zum Tanzen auf. Harald wehrte zunächst ab. Wann hatte er das letzte Mal getanzt? Er wusste es nicht mehr. Es war zu lange her.

»Keine Widerrede«, sagte Cornelia und zog Harald einfach mit auf die Tanzfläche, wo sich viele Paare zu den Klängen der Musik drehten. Die junge Frau mit den lachenden Augen blitzte Harald an.

Und auf einmal kam Harald nach den ersten tapsigen Schritten in Fahrt. Wie ein leichtfüßiger Bär tanzte er mit Cornelia über den provisorischen Holzfußboden. Cornelia lachte Harald mitten ins Gesicht, ihre langen braunen Haare wirbelten beim Tanzen um ihren Kopf. Dann gab sie ihm einen zärtlichen Kuss auf die Wange.

Und mit Harald ging eine Wandlung vor. Er wurde wieder jung. Er, der Einsame, hatte auf einmal so viel Spaß am Tanzen, dass er auch die nächsten Tänze nicht ausließ.

»Du tanzt ja wie ein Weltmeister, Harald«, sagte Cornelia.

Als die Musiker einen sentimentalen Tango spielten, legte Harald mit Cornelia sein Glanzstück aufs Parkett. Längst hatten die anderen Tänzer sich am Rand der Tanzfläche gruppiert und klatschten rhythmisch Beifall. Harald hatte seine Einsamkeit vergessen.

Minkus, der sich etwas vernachlässigt fühlte, zog sich zunächst zurück unter einen Goldrutenbusch. Von dort aus beobachtete er die beiden Tanzenden.

Noch einmal drehte Harald sich in wildem Schwung mit seiner Partnerin, als ein neuer Tanz begann.

Er wollte gerade mit Cornelia in die Mitte der Tanzfläche tanzen, als er plötzlich innehielt. Er fasste sich ans Herz. Cornelia, noch ganz außer Atem, sah ihn erschrocken an.

»Was ist denn mit dir, Harald?«, fragte sie besorgt und fühlte zu ihrem Entsetzen, wie Harald schwer in ihren Armen wurde, die Balance verlor und seitlich zu Boden sank. Cornelia konnte den schweren Mann nicht halten.

Kreidebleich lag Harald auf dem Tanzboden. Ein allgemeiner Tumult entstand. »Schnell, einen Arzt.« »Fühlt seinen Puls.« »Atmet er noch?«

Über Handy wurde der Notarztwagen gerufen, der kurze Zeit später in der Kolonie eintraf.

Als der Notarzt Wiederbelebungsversucht machen wollte, war es bereits zu spät. Harald lag mit offenen Augen da, die den Nachthimmel zu suchen schienen.

Harald, der Einsame, hatte das Ende seines Weges erreicht.

»Exitus«, sagte der Notarzt.

Sie fuhren ihn davon, während Minkus ahnungsvoll aus seinem Goldrutenversteck herbeigeschlichen kam, als die Musik auf einmal verstummt war und die Stille auch ihn erfasste.

Sie fuhren seinen Menschen davon, wie sie einst Alberto im fernen Lissabon davongefahren hatten. Minkus duckte sich und wollte dann wie damals hinter dem Wagen herlaufen.

Aber Cornelia, die ihn entdeckt hatte, hielt ihn fest. »Du wirst Harald nie mehr einholen können«, sagte sie unter Tränen. »Nie mehr.«

Harald hatte einen tödlichen Herzinfarkt erlitten.

Der Vorsitzende der Kolonie kam zu Cornelia und fasste sie sanft an der Schulter. »Harald ist gestorben in den Augenblicken, in denen er glücklich war. Mitten in den Klängen der Musik«, sagte er.

Über Minkus schwangen die bunten Lichter im plötzlich aufgekommenen Wind. Die Feier war aus. Dann erloschen die Lichter. Die Menschen gingen bedrückt davon. Niemand dachte an Minkus.

Der saß einsam und verlassen da und horchte in die Stille des Abends. Dann lief er nach Hause.

Die Tür der Laube war verschlossen. Er rollte sich auf der Schwelle zusammen. Sie roch nach Harald und ihm selbst.

Der Wind wehte Blütenblätter zu Minkus hin. Wie pastellfarbene Schmetterlinge schmückten sie sein schwarzes Fell.

Er ließ die Blätter in seinem Fell und schloss die Augen. Dann fing er an zu träumen …

Auf der Landstraße

Minkus trauerte um seinen Menschen, Tag um Tag, Nacht um Nacht wartete er auf ihn. Aber Harald kam nicht wieder. Minkus fraß noch alles, was er in der Nachbarschaft finden konnte. Ansonsten jagte er Mäuse, die sich zahlreich in den Schrebergärten tummelten. Zu seinem Schlafplatz auf der Türschwelle kehrte er immer wieder zurück.

Eines Tages kam ein älteres Ehepaar und nahm Besitz von Garten und Wohnlaube. Sie traten die Nachfolge von Harald an.

Als sie Minkus auf der Türschwelle erblickten, sagte die Frau böse: »Mach, dass du fortkommst, du schwarzer Teufel. Hier hast du nichts zu suchen. Du ruinierst nur unsere Beete.«

Sie nahm eine Schaufel und jagte damit Minkus von der Schwelle. Minkus war empört. Die Schwelle gehörte ihm, und jetzt kamen diese Fremden, um ihn zu vertreiben. Er fauchte die Frau verachtungsvoll an.

Einige Schritte von der Frau entfernt blieb er stehen, bereit, sie anzuspringen, sollte sie ihm zu nahe kommen.

»Wenn du nicht endlich das Weite suchst, lernst du mich kennen«, drohte die Frau. Sie nahm einen Wasserschlauch und richtete ihn auf Minkus.

Minkus sprang wütend ins Gebüsch. Mit dieser Furie war nicht zu spaßen. Er fauchte noch einmal, dann stolzierte er hoheitsvoll mit hoch aufgerichteter Schwanzspitze aus dem Gebüsch. Ein würdiger Abgang für einen würdevollen Verlierer.

»Na, also«, rief die Frau hinter Minkus her. »Lass dich ja nicht wieder hier blicken.«

Minkus stromerte in den nächsten Tagen durch die benachbarten Gärten, mied aber Haralds Laube. Er ernährte sich von Mäusen und von Essensresten, die die Laubenbesitzer in den Abfallkorb geworfen hatten.

Manchmal lief er bis zum Bahndamm, kletterte die Böschung hinauf und setzte sich so, dass er den Schienenstrang beobachten konnte. Er hörte die Züge schon aus weiter Ferne, kannte ihre Lieder, wenn sie wie der Wind vorbeisausten, dass ihm seine Haare zu Berge standen. Minkus sah ihnen gern hinterher und blieb so lange, bis das Vibrieren verklungen und der Singsang der Schienen ganz verstummt war.

Heute trödelte er länger als sonst am Bahndamm herum. Als es Abend wurde, schlich er zurück zu »seiner« Laube.

Aber vor der Laube saß die fremde Frau in einem Stuhl und schaute in die untergehende Sonne.

162

Minkus beobachtete sie aus sicherer Entfernung. Er wartete. Er konnte lange und ausdauernd warten. Das lag ihm im Katzenblut. Aber schließlich sah er ein, dass es zwecklos war, sein Heimrecht einzuklagen. Diese Frau hatte ihn für immer vertrieben.

Als der Abendstern leuchtend am dunklen Himmel erschien, drehte Minkus sich noch einmal nach seinem bisherigen Zuhause um, bevor er endgültig davonging.

Die Nacht mit ihren vielen unterschiedlichen Geräuschen war ihm sehr vertraut. Es flüsterte und rauschte in den Bäumen, Sträuchern und Gräsern, Minkus hörte Stimmen von Tieren, die aus der Entfernung zu ihm drangen. Er schlich eine dichte Baumallee entlang, durchquerte ein Wäldchen und ein schlafendes Dorf.

In einer alten Scheune legte er sich hin, um auszuruhen. Auch in der Scheune flüsterte es. Er hörte das Rascheln der Mäuse. Aber er war zu müde, um sie zu jagen. Ein Pferd wieherte leise im Traum, das wie ein Lachen klang. Minkus horchte noch eine Weile in die Dunkelheit hinein , dann schlief er ein.

Als er erwachte, war es heller Morgen. Die Geräusche des neuen Tages klangen zu ihm hin. Minkus schüttelte sich das Heu aus dem schwarzen Fell, machte gründlich Morgentoilette. Er wollte so schön sein wie der neue Tag. Dann trank er aus einer Wasserpfütze und stolzierte weiter in den blauen Morgen hinein.

Er kam an eine Landstraße, zu deren beiden Seiten goldgelbe Rapsfelder lagen. Krüppelbirken und andere Laubbäume bewegten sich im Wind.

Minkus hielt sich von den Autos fern, die ihm hin und wieder auf der Landstraße begegneten. Er bevorzugte den Grabenweg an der rechten Seite der Landstraße. Der Staub, den die Autos aufwirbelten, wehte bis zu ihm hin. Ein paar Mal musste er heftig niesen. Etwas trieb ihn immer weiter ins Unbekannte. Als die Allee zu Ende war, kam er in ein Neubauviertel, das an einem steilen Hang lag.

Ein dichter Wald erstreckte sich direkt dahinter. Riesige Erdhaufen türmten sich um eine große Baustelle herum. Ein Schaufelbagger fraß sich tief in die Erde hinein und hob sie hoch, um sie dann auf einem der Hügel abzuladen.

Minkus schaute eine Weile zu. Durch das filigrane Eisengewirr des Riesenkrans flirrte das Morgenlicht. Ein Riesenkran hatte seinen waagerechten Arm ausgestreckt, bereit, das lange Eisenseil herunterzulassen, um Riesenlasten aufzunehmen, zu bewegen und an den richtigen Platz der Baustelle zu befördern. Viele Bauarbeiter waren überall dabei, irgendwelche Dinge zu tun.

Minkus, neugierig, wie er war, faszinierte das Heben und Senken des Kranarms so sehr, dass er auf einen anderen Erdhügel kletterte, um von dieser Warte aus genau zuzusehen. Auch die Geräusche auf der Baustelle waren für ihn unbekannt.

Als die Mittagshitze kam, wurde es still auf der Baustelle. Die Bauarbeiter zerstreuten sich. Minkus blickte zu einem der vier blauen Bauwagen hin, in denen die Arbeiter jetzt verschwanden. Der Bauwagen, der Minkus am nächsten war, erregte seine Aufmerksamkeit. Zwei Männer, ein jüngerer und ein älterer, waren darin verschwunden. Und kurze Zeit später duftete es wunderbar nach Essen aus der offenen Tür des Bauwagens.

Minkus hatte Hunger. Er pirschte sich an den Bauwagen heran, schnupperte und sah die beiden Männer an einem Tisch sitzen und essen. Er stand abwartend in der Tür.

Plötzlich entdeckte ihn der jüngere der beiden Männer. »Schau mal, wir bekommen Besuch«, sagte er zu seinem Kumpel Bernhard und deutete auf Minkus.

Der Ältere blickte zu Minkus hin. »Der hat bestimmt Hunger«, sagte er.

Der jüngere Mann, der Ali hieß, streckte seine Hand zu Minkus hin. Minkus wich zuerst zurück. Aber die große Hand roch gut.

»Komm schon herein, bekommst auch etwas zu essen«, sagte Ali.

Dieser freundlichen Aufforderung konnte Minkus nicht widerstehen. Er verstand die einladende Geste. Und Freundlichkeit in der Stimme der Menschen erkannte er genauso wie Boshaftigkeit. Noch etwas scheu kam Minkus herein, setzte sich neben

Ali auf den Boden, blickte ihn aus seinen Bernstein-augen an und wartete.

Ali hatte eine Papierserviette genommen und häufte jetzt einen Berg Nudeln mit Gulasch darauf. Alles legte er vor Minkus hin und sagte freundlich: »Lass es dir schmecken.«

Minkus begann hungrig zu fressen. Nachdem er alles aufgefressen hatte, putzte er sich ausgiebig.

»Wo die Katze wohl herkommt?«, fragte Bern-hard, der Ältere mit den dichten grau melierten Haaren und der breitschultrigen großen Gestalt, sei-nen kleineren türkischen Kollegen Ali.

Ali hob Minkus hoch und begutachtete ihn.

»Er ist ein Kater«, sagte Ali. »Sicher hat er sich ver-laufen. Er muss weit gelaufen sein. Die nächste Siedlung ist kilometerweit von dieser Baustelle ent-fernt. Und der Kater sieht gepflegt aus, ist also kein potenzieller Landstreicher.«

Minkus blieb während der Mittagspause bei Ali und Bernhard. Als die beiden Männer wieder zu ih-rer Arbeit gingen, war Minkus auf dem Boden ne-ben Alis Stuhl eingeschlafen.

»Von mir aus kann er hier seine Siesta halten«, meinte Bernhard gutmütig.

»Von mir aus kann er bei uns bleiben, wenn er will«, meinte Ali. Beide Männer sahen sich an. Sie waren Katzenfreunde.

»Warten wir es ab, wie der gnädige Herr Kater es will«, meinte Ali und lachte.

Minkus verschlief den Nachmittag im blauen Bauwagen.

Und der »gnädige Herr Kater« bestimmte, bei Ali und Bernhard auf der Baustelle zu bleiben.

Aber das wussten die beiden Bauarbeiter noch nicht ...

Bei Bernhard und Ali

Es war ein wunderschöner Sommer, den Minkus bei Bernhard und Ali auf der Baustelle erlebte. Jetzt ging es auf den September zu, und in manchen Nächten lag bereits der Herbst in der Luft.

Bernhard hatte für Minkus neben dem blauen Bauwagen eine provisorische Hütte gebaut, sie mit Decken ausgelegt und einer Klapp-Katzentür versehen, sodass Minkus bequem hinein und heraus konnte. Da der Bauwagen nach Arbeitsschluss abgeschlossen wurde, verbrachte Minkus die Nächte in seiner Katzenhütte, wenn er nicht gerade auf Streunertour war.

Als Junggeselle und gestandener Katzenmann zog es ihn manchmal in die Nacht. Aber er liebte die Baustelle und kam immer wieder nach seinen Streifzügen hierher zurück.

Manchmal schlich er bis zum nächsten Ort, einer Kleinstadt, und schloss sich anderen Katzen an, die wie er auch Nachtschwärmer waren. Im Kreis saßen sie manchmal herum, fragten den Mond und die Sterne nach etwas, auf das es keine Antworten gab.

Minkus blieb ein stolzer Außenseiter, der sich selten einmischte und mehr den Beobachterposten wahrnahm. Freunde unter den nächtlich streunenden Katzen fand er nicht und wollte er auch nicht. Ihm genügten Bernhard und Ali, die ihn wunderbar mit Fressen und menschlicher Wärme versorgten. Bei ihnen fühlte er sich wohl.

Tagsüber hatte er sich an den Baulärm gewöhnt. Die Giganten der Baumaschinen waren seine Freunde auf Distanz geworden. Er respektierte sie. Minkus hatte Hochachtung vor den Baumaschinen. Und die Baumaschinen blickten nicht unfreundlich, wie Minkus meinte, auf ihn, den kleinen schwarzen Kater und Fremdling auf der Baustelle, herab. Er fühlte sich wohl hier und dachte auch nicht daran wegzugehen.

Immer wieder gab es etwas Neues zu sehen. Es war ein Kommen und Gehen auf der Baustelle, und von Tag zu Tag wuchs die Riesenwohnanlage mehr an den anschließenden Wald heran. Es war die beinahe tägliche Veränderung, die Minkus faszinierte. Außerdem roch er gern den Duft der dickbauchigen Betonmischmaschinen, er beobachtete ihr anmutiges, schnurrendes Drehen, er roch Mörtel, Stein und Holz. Nur den Geruch von Beton mochte er nicht.

Auf den immer größer werdenden Erdhügeln wuchsen Grasbüschel und wilde Hundeblumen. Katzenblumen hatte Bernhard sie getauft.

»Es sind Katzenblumen, extra für dich, Kater«, hatte er zu ihm gesagt, »weil du der König der Erdhügel bist.«

Minkus verbrachte so seine angenehmen Tage zwischen Umherschleichen, Dösen, wachem Beobachten und Schlafen. Wenn es Mittag wurde, saß Minkus stets zur gleichen Zeit vor dem blauen Bauwagen und wartete auf Ali und Bernhard. Dann speisten sie gemeinsam.

»Du hast es gut«, sagte Ali zu Minkus. »Du isst und trinkst und legst dich dann zum Mittagsschläfchen nieder, während wir schuften müssen.« Aber es klang gutmütig und freundlich.

»Ihr Katzen seid nun mal nicht zum Arbeiten bestimmt. Ihr habt euch das Recht auf Faulheit nicht erkämpfen müssen, es ist euch in die Wiege gelegt worden«, fuhr Bernhard fort. »Ihr seid keine so armen schuftenden Hunde wie wir.«

So lebte Minkus nun schon beinahe anderthalb Monate unter Männern. Er hatte sich an ihre rauen guten Hände gewöhnt, an ihre lauten Stimmen und an ihr raues Lachen. Manchmal träumte er. Und dann spürte er im Traum eine weiche Frauenhand und hörte einen Namen rufen, und er wusste, er war gemeint.

Aber wenn es Tag wurde, lebte er wieder ganz in der Männergesellschaft.

Manchmal kamen Menschen mit Autos, schauten sich die neuen Bauwerke an, gingen über Bretter und Gerüst mit Plänen in der Hand. Es waren zukünftige Eigentümer der Wohnungen. Vor Winteranbruch sollte alles fertig sein.

In einer der ersten Septembernächte wurde es bereits kühl. Raureif legte sich auf Gräser, Sträucher und Erdhügel und versilberte auch die Hundeblumen.

Minkus erwachte in dieser Nacht davon, dass er den Frost leise klirren hörte. Er stand auf. Eine Unruhe hatte ihn ergriffen. Kalt und sehr weit weg blitzen die Sterne, und der Vollmond tauchte die schlafende Baustelle in schemenhaftes Licht. Minkus schlüpfte durch die Klappe aus dem Katzenhaus nach draußen. Seine Schnurrhaare vibrierten in der kühlen Nacht.

Wie schlafende Urtiere standen die Baumaschinen da. Es war so still, dass Minkus wieder eine seiner weisen Katzenvisionen hatte. Er blinzelte zum Mond und sah seine Katzengöttin Bastet für einen kurzen Augenblick. Sie schaute ihn an.

Die Unruhe trieb ihn zu dem großen Erdhügel, auf dem die gelben, vom Tau glitzernden Hundeblumen standen.

Neben dem Erdhügel erhob sich ein Bagger, seinen Schaufelkopf zur Erde geneigt. Minkus stolzierte um ihn herum. Dann sah er das Loch im Fenster des Führerhauses. Groß genug für ihn, um hindurchzuschlüpfen und einmal einen Blick ins Innere des schlafenden Ungetüms zu werfen.

Leichtfüßig sprang Minkus nach oben ins Führerhaus. Seine Neugierde war geweckt.

Es roch nach Mensch. Aber kein Mensch war da. Er streifte an etwas entlang und legte sich dann auf den Fahrersitz, der gut gepolstert war und so beruhigend nach Mensch roch.

Die Nachtluft wehte durch das Loch im Fenster zu ihm herein. Es war sehr bequem und angenehm hier. Minkus rollte sich zusammen und schlief friedlich ein.

Ein Streifenwagen der Polizei fuhr langsam an der Baustelle vorbei. »Du, sieh mal, was ist denn da los?«, fragte der Streifenbeamte seinen älteren Kollegen. »Da blinkt doch etwas.«

»Lass uns mal nachsehen«, sagte der ältere Kollege, der Egon hieß.

Vorsichtig näherten beide sich dem Bagger, in dem der Blinker seine gelben Blitze in die stille Nacht schickte.

Kein Mensch war zu sehen.

Als Egon ins Führerhaus schaute, entdeckte er den schlafenden Minkus auf dem Führersitz. »Eine Katze«, sagte er zu seinem Kollegen. »Die muss den Schalter gestreift und den Blinker gesetzt haben.« Beide lachten.

Egon schaltete den Blinker aus. Minkus erwachte und sah die Polizisten schlaftrunken an.

»Na, komm mal«, lockte der jüngere Beamte und zog Minkus aus dem Bagger.

»Damit du nicht noch einmal etwas anstellst, nehmen wir dich mit auf die Wache. Als Katze hast du eigentlich auf einer Baustelle nichts zu suchen.«

Und so geschah es. Minkus wurde in den Streifenwagen verfrachtet und zum Revier mitgenommen. Er war so geschockt von dem nächtlichen Überfall, dass er geduckt neben Egon saß und sich nicht rührte.

Im Revier gaben sie Minkus etwas zu fressen und zu trinken und legten einen leeren Karton mit Zeitungspapier aus. Das sollte sein Nachtlager sein. Geduckt hockte er in dem Karton. Es roch nicht gut, und die Menschen sprachen zu laut. Ihre Schritte hallten über den Steinfußboden. Eben hatte er noch seinen bequemen Schlafplatz auf der Baustelle gehabt, und jetzt war er eingesperrt in einem Raum unter lauter Fremden.

Allmählich schlief er wieder ein. Aber seine Schwanzspitze bewegte sich unruhig im Schlaf. Manchmal maunzte er leise.

»Am Morgen bringen wir die Katze ins Tierheim«, sagte Egon. »Sollte sie einen Besitzer haben, wird er sich sicher melden.«

So ging diese denkwürdige Nacht für Minkus zu Ende, und als der Morgen dämmerte, war er bereits hellwach und wartete erst einmal ab. Er hatte gelernt, dass man sich manchmal in sein Schicksal ergeben musste.

Dann hob ihn ein Polizist aus dem Karton.

»Im Tierheim wirst du gut versorgt«, sagte er zu Minkus, der ihn aus seinen hellwachen Bernsteinaugen groß anschaute.

Hätte Minkus lesen können, hätte er in den nächsten Tagen in den Zeitungen lesen können: »Katze setzte Blinker.«

Aber so hatte man ihn aufgespürt, und so landete er wieder im Tierheim ...

Wieder im Tierheim

Minkus kannte den Geruch, den Geruch seiner frühesten Kindheit. Es roch nach Katzengehege, Putzmitteln, Katzenklostreu, was ihm alles nicht fremd war.

Man hatte ihn hinter Drahtgitter in einen größeren Raum gesperrt, den er mit noch drei anderen Katzen teilte. Es gab wieder eine Gemeinschaftstoilette, einen runden Gemeinschaftsfressnapf und einen Wassertrog.

Minkus, der Individualist, war wieder da gelandet, wo er sich einfügen musste.

Die magere schwarz-weiße Katze, die in gebührendem Abstand neben ihm saß, beäugte ihn argwöhnisch. Es gab noch zwei weiße Katzenkinder, die eng aneinandergekuschelt schliefen.

Seine Mitbewohner schienen sich in ihr Schicksal ergeben zu haben. Was blieb ihnen auch anderes übrig.

Minkus lief unruhig umher. Es roch für ihn abscheulich nach Gemeinschaft. Er, der die Freiheit erlebt hatte, wollte weg und krallte sich verzweifelt in die Maschen des Gitters. Mit seinesgleichen konnte Minkus nicht allzu viel anfangen. Er liebte nun mal »seine Menschen«.

Am liebsten hätte er jetzt laut und fauchend protestiert wegen der unfreiwilligen Festnahme oder aber er hätte eine lang anhaltende Klagearie angestimmt und seinen ganzen Katzenjammer herausgeschrien.

Aber sein Stolz, seinesgleichen gegenüber, hinderte ihn daran. So verkroch sich Minkus auf dem leeren Schlafplatz in der Ecke und wartete auf das, was kommen sollte. Auch als die Gehegetür geöffnet wurde und eine junge Frau das Fressen brachte, blieb er apathisch in seiner Ecke liegen, während die anderen sich auf den Futternapf stürzten und hastig zu fressen begannen.

Minkus blinzelte zu ihnen hin. Es war wie in früheren Zeiten. Jeder versuchte, so viel wie möglich zu ergattern. Angewidert machte er wieder die Augen zu.

Später, als der Napf leer war und Ruhe einkehrte, trank er ein wenig Wasser. Es war sehr still im Gehege. Durch ein Fenster sah er, wie der Himmel sich verdunkelte. Seine erste Nacht in der neuen Behausung begann.

Am nächsten Tag wurde er gründlich untersucht.

»Ein schöner, gesunder, gepflegter Kater«, sagte die Tierärztin zur Pflegerin. »Wenn sich kein Besitzer meldet, werden Sie das Tier bestimmt schnell los.«

»Wir haben viel zu viele Katzen hier, einige, die schwer vermittelbar sind. Das wissen Sie ja«, seufzte die Pflegerin.

Im Katzengehege gab es nur ein kleines Stück Freigelände. Sie waren Asylanten, das Heim war überfüllt und der Platz knapp.

Wie manchmal im menschlichen Leben.

Aber wie alle Katzen war Minkus von Natur aus beharrlich.

Nachdem Minkus zwei Tage lang in den Hungerstreik getreten war, begann er wieder zu fressen. Und jetzt zeigte sich sein guter Charakter wieder einmal. Stets ließ er den federweißen kleinen Katzenkindern den Vortritt beim Fressen. Man musste schließlich Vorbild sein und hatte am eigenen Kleinkindleibe erfahren müssen, wie furchtbar es gewesen war, wenn die Älteren ihn rücksichtslos zurückgedrängt hatten, sodass er nie wirklich satt geworden war.

In den Nächten hörte Minkus auf den Herbstwind, der jetzt über die nördliche Tiefebene jagte. Minkus war jetzt schon sechs Wochen im Tierheim. Er magerte ab und verlor seine Spannkraft, die ihn umgetrieben hatte.

Etwas wie Katzenmelancholie war in seinen Augen.

Bei dem stets gleichbleibenden Alltag im Tierheim, in den er sich fügen musste, verspürte Minkus jedoch immer wieder eines: seine Sehnsucht nach einem Menschen, den er ganz für sich allein hätte.

Und dann kam wieder ein Tag in seinem Leben, der alles veränderte. Es war der Erntedanksonntag.

Minkus wurde mit den weißen Katzenkindern und der Schwarz-Weißen in einen Transportkäfig verfrachtet und mit noch anderen Katzen aus dem Tierheim in einen seltsamen Raum gebracht, den er noch nie gesehen hatte. Der Raum war sehr warm. Grelle Scheinwerfer blendeten Minkus.

Menschen liefen umher und Kameras wurden in Stellung gebracht.

Zunächst wurden Minkus, die Schwarz-Weiße und die Kleinen in einem Vorraum abgestellt. Die Kleinen begannen ängstlich zu miauen, die Schwarz-Weiße lief unruhig im Transportkäfig umher, Minkus saß reglos im Käfig, alle Sinne angespannt. Die Pflegerinnen versuchten, die Tiere zu beruhigen.

Minkus schloss die Augen.

Und in seinem Inneren hörte er einen Ruf, und er begann leise zu schnurren …

»Tiere suchen ein Zuhause«

Julia saß vor dem Fernseher und sah die Sendung »Tiere suchen ein Zuhause«, in der Tierheime vorwiegend aus Deutschland Gelegenheit hatten, ihre Tiere, die ein Zuhause suchten, einer breiten Öffentlichkeit vorzustellen.

Noch immer hatte sie sich nicht entschließen können, eine neue Katze anzuschaffen, so oft sie auch die Sendung schon gesehen hatte, in der Katzen, die ihr Herz gerührt hatten, vorgestellt worden waren.

Zunächst wurden Hunde vorgestellt, dann Kaninchen und Meerschweinchen, und zum Schluss kam die große Schar der heimatlosen Katzen.

Julia dachte daran, dass Minkus sie nun schon seit fast zwei Jahren verlassen hatte. Lebte er noch? War ihm etwas Schreckliches geschehen? Sie konnte es sich immer noch nicht vorstellen, dass Minkus freiwillig von ihr fortgegangen war. Sie waren eine große harmonische Einheit gewesen.

Im Licht der Scheinwerfer wurde eine einäugige Katze vorgestellt.

»Diese hier wurde halb tot in einer Mülltonne

gefunden«, sagte die junge mitfühlende Moderatorin, die ihr Herz selbst den Tieren verschrieben hatte.

Es war ein erbarmungswürdiges Geschöpf.

Es folgten weitere Katzen. Dann kamen die niedlichen weißen Katzenkinder an die Reihe. »Es sind Schwestern«, hörte Julia die Moderatorin sagen. »Sie können nur zusammen vermittelt werden, weil sie so aneinander hängen.«

Die Schwarz-Weiße blinzelte ins Scheinwerferlicht. Sie war schon elf Jahre alt.

Und dann kam der Augenblick, als Julia glaubte, die Zeit hielte den Atem an.

»Und jetzt haben wir noch einen wunderschönen schwarzen Kater, etwa zweieinhalb Jahre alt. Besonderes Kennzeichen: ein weißer Ring um seine rechte Pfote. Er wurde auf einer Baustelle gefunden.«

Es war auf einmal so, als ob die Zeit stillstehen würde. Julia blickte auf das weiße Katzenarmband, in die bernsteingoldenen Augen. Sie sah sein schönes stolzes Katergesicht.

»Minkus«, sagte Julia tief berührt. Er war es, sie hatte ihn wiedergefunden.

Minkus wurde weggetragen, und dann gab es für Julia kein Halten mehr. Sie rief sofort beim Sender an, der ihr die Telefonnummer und Adresse des Tierheims durchgab, das Minkus vorgestellt hatte. Es war ein Tierheim in Hamburg. Die Sendung war aufgezeichnet worden.

Dann setzte Julia sich mit dem Hamburger Tierheim in Verbindung.

»Ich komme morgen und hole ihn ab«, sagte sie mit vor Erregung zitternder Stimme. »Es ist mein geliebter Kater. Ich habe lange vergeblich nach ihm gesucht.«

In dieser Nacht konnte Julia nicht schlafen.

»Minkus, ich komme«, murmelte sie immer wieder vor sich hin.

Dann kam der Augenblick, den Julia bis ans Ende ihres Lebens nicht vergessen würde. Sie stand vor der Tür des Tierheims. Würde Minkus sie wiedererkennen? Waren sie sich fremd geworden?

Julia wurde an das Drahtgitter geführt. Leise schwang die Tür auf.

»Minkus«, flüsterte Julia. »Minkus.«

Seine großen Bernsteinaugen erwiderten ihren Blick. Er wurde regungslos wie eine Statue, starrte Julia an.

Sie blickten sich an, und ein Hauch von Ewigkeit war um sie.

Julia machte ein paar Schritte auf Minkus zu, streckte ihre Hand aus. Seine Schnurrhaare zitterten. Auf einmal war die Zeit der langen Trennung wie weggewischt. Er fühlte, dass das Abenteuer seines Lebens hinter ihm lag.

Und da war er wieder, dieser ferne zärtliche Klang, der immer in seiner Katzenseele gewesen war. So konnte nur Julia »Minkus« sagen.

Plötzlich fiel die Starre von Minkus. »Rrr«, sagte Minkus.

Julia nahm ihn in die Arme und küsste ihn. Tränen liefen über ihr Gesicht.

Leise, ganz leise, begann Minkus zu schnurren.

Schnell erledigte sie noch die Formalitäten. Spät in der Nacht kamen sie nach Hause.

»Willkommen daheim, mein Weitgereister«, sagte Julia.

Minkus lief durch alle Räume, schnupperte, tänzelte, eroberte im Handumdrehen wieder sein Zuhause. In der Katzendecke in der Couchecke war immer noch sein Geruch. Julia hatte die Decke immer an ihrem Platz gelassen. Zufrieden rollte Minkus sich dort ein, nachdem er ausgiebig gefressen und getrunken hatte.

In dieser Nacht schlief Julia bei Minkus auf der Couch, immer wieder sein Fell streichelnd.

»Wir beide«, flüsterte sie.

Und die zwei Worte beinhalteten alle Liebe, die Mensch und Tier sich geben können …

Auf Samtpfoten mitten ins Herz

Die Adventskerze brannte und warf einen warmen Schimmer in den Raum. Es duftete nach frischer Tanne. Julia saß mit Minkus auf dem Schoß neben Gabriel auf der Couch. Nur Minkus' leises Schnurren war zu hören.

Er hatte seinen Menschen, seine Katerheimat, wiedergefunden. Tief in seinem Herzen hatte er Julia bewahrt, wie er alles in seiner Katzenweisheit aufbewahrte, das Gute und das Böse, das er erfahren hatte. Aber das Böse wollte er vergessen.

Julia war in seinen Träumen gewesen. Julia mit ihrer Hingabe an ihn. Minkus mit seiner Hingabe an sie.

In die Stille hinein bemerkte Minkus plötzlich, wie Gabriel sich erhob und vor Julia und ihn hinkniete. Mit seiner sanften Stimme sagte Gabriel: »Julia, Minkus, wollt ihr beide mich heiraten? Ich meine jetzt, wo wir sowieso schon eine gemischte Familie sind.«

Minkus hörte auf zu schnurren.

Julia hörte auf zu lächeln.

Jetzt wurde es ernst.

Julia beugte sich zu Minkus und flüsterte in sein Ohr: »Wollen wir diesen liebenswerten Menschen, diesen kuscheligen Bären, heiraten, Minkus? Er hat sich zwar nicht wie du auf Samtpfoten mitten in mein Herz geschlichen, eher mit Samtstimme, aber ich glaube, er liebt uns wirklich.«

Minkus und Julia blickten sich an. Sie verstanden sich ohne Katzen- und Menschenworte.

»Ja«, sagte Julia, stand auf, setzte Minkus sanft auf den Boden und gab Gabriel einen Kuss.

Gabriel hob Minkus hoch und zusammen mit Julia in den Armen standen sie eine Weile eng umschlungen da. Dann hatte Minkus genug vom vielen Schmusen und verzog sich auf seine Decke, die nur nach Minkus roch.

Das sanfte Kerzenlicht machte ihn schläfrig. Er schnurrte noch eine Weile, dann wurde das Schnurren leiser, und Minkus schlief ein. So geborgen hatte er sich lange nicht mehr gefühlt. Und er begann zu träumen.

Tief in seiner Katerseele waren sie alle da, mit denen er ein Stück des Weges gegangen war, der Fernfahrer Antonio, mit dem seine Abenteuerjahre begonnen hatten, Alberto und Mirjam, der einäugige Straßensänger, Diva und die portugiesischen Streunerkatzen, der gute Portier vom »Diplomatico«, Dr. Weier und Jana, der alte Harald, die Bauarbeiter Bernhard und Ali. Und die, die ihm Böses angetan hatten. Aber Julia hatte zu Anfang seines Lebens seine Katzenseele zum Klingen gebracht.

Bei ihr, dem Menschen, dem er immer am nächsten war, fühlte er sich wirklich daheim …

Epilog

Minkus schnurrt auf meinem Schoß. Ganz ruhig liegt er da, nur seine Schnurrhaare zittern ein wenig. Innerlich schnurre ich mit. Bald wird Gabriel zu uns nach Hause kommen. Ich habe geträumt, wie alles angefangen hat mit Minkus und mir. Wie wir uns gefunden, verloren und wiedergefunden haben.

Wir mussten uns wiederfinden. Denn unsere Sehnsucht hat niemals aufgehört.

Seine Wanderjahre bleiben sein Geheimnis. Aber im Traum hat er sie mir erzählt.

Und ich habe sie aufgeschrieben …

Julia

Die neuen Abenteuer von Kater Minkus

Lea Meerbaum kehrt nach vielen Jahren mit ihrem Kater Minkus in ihre thüringische Heimatstadt Blumenrode zurück. In dem alten Haus am Buchenwald hatte sie eine glückliche Kindheit verlebt.

In den engen Gassen und den verwilderten Gärten trifft sie auf Katzen, die nirgendwo hinzugehören scheinen. Lea ist fasziniert von ihrer Stärke und Anmut. Henry, der Hundeschreck, die zarte Herzensschöne, die Kirchenkatze Klothilde und viele mehr erzählen Lea aus ihrem Leben. Es sind skurrile, melancholische und heitere Geschichten. Minkus hat auch eine Aufgabe zu erfüllen, denn das Idyll ist in Gefahr …

Martina Magyari
Samtpfote und der Geschmack von Glück

184 Seiten, ISBN 978-3-7844-3248-9

Langen*Müller*   www.langen-mueller-verlag.de

Krümels abenteuerliches Leben

Millionen Tierfreunde saßen vor dem Bildschirm, wenn Gudrun Thiele, die beliebte Moderatorin des DDR-Fernsehens, die Sendung »Du und dein Haustier« präsentierte. Krümel, die Heldin ihres Buches, berichtet über ihren Katzenalltag. Denn sie hatte Glück: Zuerst ausgesetzt, fand sie ein paradiesisches Zuhause. Sie erzählt von kleinen und großen Sorgen, von Freude und Leid, von ihren Freunden in ihrem Revier. Zwei Kater, Freddy und Flax, ebenso Helden der Geschichten, sind ihr besonders ans Herz gewachsen.

Es ist ein Katzenleben mit Höhen und Tiefen. Doch für Krümel steht fest: Ihr Frauchen ist eine große Katze auf zwei Beinen – Krümel hingegen erscheint uns zuweilen wie ein menschliches Wesen auf vier Pfoten.

Gudrun Thiele
Prinzessin auf vier Pfoten

112 Seiten, ISBN 978-3-7844-3199-4

auch als Hörbuch, gelesen von Gudrun Thiele:
1 CD, ISBN 978-3-7844-4209-9, Langen*Müller* | **Hörbuch**

Langen*Müller*   www.langen-mueller-verlag.de